ダーオーズ

毛利亘宏

講談社キャラクター文庫 012

デザイン／出口竜也（竜プロ）

目次

アンクの章

1

俺は夢を見ていた。

巨大な鳥となって空を自由に駆け回る夢だった。

気がつくと俺の周りで何万を超える鳥たちがいっしょに飛んでいた。この世に生を受けたすべての種類の鳥たちだ。

鳥たちと俺は盟約を結んでいた。

鳥たちは俺に憧れを抱き、尊敬し、いっしょに飛ぶことを誓っていた。俺もまた彼らをあらゆる災厄から守ると誓っていた。俺たちはともに生きていた。

そう……。俺は、鳥たちを束ねる王だったのだ。

俺の体は、赤く美しい羽に覆われていた。この世のどんな鳥よりも美しい羽だ。

もちろん美しいだけじゃない。俺は強かった。俺の嘴《くちばし》はどんな堅い岩も貫き、鋭い爪はどんな巨大な動物も一撃で仕留めることができた。

そして、この世でもっとも大きな翼の羽ばたきで、この世のどんな生き物よりも高く飛ぶことができた。

だれよりも高く飛ぶこと。それは俺にとって王の証だった。

鳥たちに自分が王であることを見せつけるために羽ばたき続けた。

やがて、俺は空を超えた。

音も風もない闇が目の前に広がる。そこまでくると俺についてこられる鳥はだれもいない。

眼下には青く輝く星があった。

俺はその美しさに心を奪われる。あまりの美しさに心の底から満たされていく。ずっと眺めていたい。そんな気分だ。

(この世界は俺のものだ)

俺は高く飛ぶことが好きだ。それは、美しい物が好きだから。

高く飛ぶことで美しい世界を全部手に入れたような気持ちになる。

青い海も。果てのない空も。大地も。そこに生きる虫も動物も魚も。

全部が俺のもの。そんな気分になる。

やがて俺はこの美しい景色に満足する。ひとしきりその風景を眺めた俺は仲間のもとに帰るために羽ばたきをやめる。

(仲間のもとへ帰ろう)

鳥たちが王の帰りを待っている。

彼らは俺を必要としていた。強大な王の力を必要としていた。弱き者は生きるために強き者の庇護《ひご》が必要だ。
そんな鳥たちの存在を不自由に感じることはない。
むしろ彼らの存在は、俺の心を深く満たすものであった。
王と民によって作られる王国。自由にあふれる楽園。
それを守るためにも俺は還《かえ》らなければならない。
(この美しい場所にはいつだって来られるのだから……)
降下をはじめると俺は背中に違和感を感じた。
俺の背中に何かが乗っている。
俺の大きさから考えたら取るに足らないほど小さな生き物だ。
「おまえもこの景色が好きか？　俺もこの風景が好きだ」
俺に話しかける小さな生き物。
それは、人間だった。
「じつに美しい。ここから眺めていると目に入るものすべてが自分のものに思えるな」
(なにを言っている。これは全部俺のものだ)
不遜《ふそん》にも俺にしか見ることのできない風景を眺めて自分のもののように語る。
人間は俺の背中の上に悠然《ゆうぜん》と立っていた。
(これじゃまるで俺はこの人間の下僕ではないか……)

俺は人間に怒りを覚えた。

この風景は俺しか見てはいけないはずだ。俺にしか見れないはずだ。

俺は、不遜な人間を懲《こ》らしめてやろうと思った。

振り落とそうと身を翻《ひるがえ》す。右に。左に。

人間は俺の背中に立ち続ける。

俺の苛立《いらだ》ちはどんどん膨れあがっていく。

大きく羽を動かしてみた。急上昇と急降下をくり返してみた。

それでも人間は二本の足で俺の背中に立ち続ける。

俺の苛立ちは次第に抑えきれない怒りに変わった。

そして、ある妙案を思いついた。

（俺は強い炎の中でも生きていける。太陽に飛び込んだら人間はひとたまりもあるまい）

俺は全身全霊の力で太陽へ羽ばたいた。

人間が焼けて灰になる姿を想像すると心が躍った。俺はその様子を一瞬たりとも見逃さない。断末魔の叫びをしっかりこの耳に焼き付けようと心に誓った。

そんな夢想にふけっていたとき、人間は俺に語りかけた。

静かに。そして、威厳のある声で。

「満たされているようだな」

俺はなんでそんなことを言われるのかわからなかった。そんな当たり前のこと人間ごときに言われるまでもない。

「そろそろ目覚めの時間だ」

目覚め？　俺は眠ってなどいない。

「おまえは満たされているから夢の中にいるのだ」

俺はなぜだかその言葉に恐怖を感じた。言い知れぬ恐怖を。

次の瞬間、人間は俺の背中を撫《な》でた。

優しく、そして、俺を哀れむように。

（……俺に触るな）

俺は人間を振り落とそうとさらに激しく身をよじった。だが、人間はまったく動じる様子がない。

俺は焦った。恐怖がどんどん膨れあがっていく。

焦り？　恐怖？

俺は王だ。そんな感情に支配されるはずがない。だれよりも強く、この世のすべてを支配する存在なのだ。

「やめろ！」

次の瞬間、おぞましい感覚が体中を駆け巡った。

人間が俺の背中に右手を差し込んだのだ。人間の右手が俺の体の中で、まるで何かを探すように蠢《うごめ》く。

「さあ。夢の時間は終わりだ」

人間は俺の中から『俺が俺でいるための大切な何か』を奪い取った。

それはメダルだった。見たわけではない。

だが、それがメダルであることは直感的に理解できた。

俺の恐怖はもう自分で制御ができないほど大きなものになっていた。俺に王であるプライドがなければすぐさま悲鳴をあげていただろう。

だが、その自制心も直後に打ち砕かれた。

俺の体が崩れはじめたのだ。嘴が！　爪が！　巨大な翼が！　そのすべてが小さな銀色のメダルとなって崩れていく。

爪がなければ戦うこともできない……。

翼がなければ空高く飛ぶこともできない……。

(このままじゃ。俺は王でなくなる。俺は俺でなくなる)

俺のすべてがぼろぼろと崩れていった。

俺は真っ逆さまに落ちていく。

あわてて羽ばたこうとするが、羽ばたけば羽ばたくほどに翼がメダルになってこぼれ落ちていく。
カチャ、カチャ、カチャ……。
金属がこすれあう耳障りな音が聞こえる。
(不快な音だ)
カチャ、カチャ、カチャ……。
それは、俺が俺でなくなっていく音だった。
そのとき、俺はあることに気がついて愕然《がくぜん》とした。
さっきまで美しいと感じていた風景が灰色になって目に飛び込んできたのだ。
あれだけ青く輝いていた風景が……。
生命力に満ちあふれていた風景が……。
もはや、すべてが死に絶えた世界となって目の前に広がっていた。
まるで最初からそうであったように。
その瞬間、すべてを悟った。
俺はこの世界のすべてを失ったと。もう、この世界は俺の物ではないということを。
だから、俺は人間に向かって叫んだ。
「返せぇ!」
もはやそれは悲鳴だった。

それと同時に今まで感じたことがない感情が俺の心に満ちていく。

なんだ？　この感情は……。

筆舌しがたい喪失感。喪失感？　それだけじゃない。それは、失ったものを取り戻したいという思い。もう一度あの満ち足りた気分を味わいたい。

もう一度。もう一度。

だから、俺は人間に向かって叫び続ける。

返せ！　返せ！　返せ！

返せ！　返せ！

返せ……。

かえせ……。

かえ……。

か……。

……。

俺の意識は消失した。

夢の時間が終わりを告げる。

2

気がつくと俺は石棺の上に横たわっていた。

あたりは薄暗い。夜か……？

違う。これは暗いのではない。……感覚がないのだ。

目に入る物すべてが灰色にくすんでいる。色も。温度も。匂いも。何も感じない。

体が動かない。自由にどこまでも飛べた俺の体が鉛のように重い。

夢が……覚めたのだ。

ここはあれほど満たされていた夢の中とはまったく正反対の世界だった。

俺はすぐに焦りを感じた。

心の中を埋めていたあの素晴らしい感覚がなくなっている。満たされた心によぎる空虚。その空虚は焦りをどんどん肥大化させる。大きくなった焦りは次第に怒りに変わった。膨れあがる怒りは、時間をかけずに絶望へと変わる。その絶望すら長くは続かない。

そして、俺の心はある感情に支配される。

「なんだ。なんなんだ！　この気分は」

そう叫んだときだった。一人の人間が俺の傍らにいることに気がついた。そして、苛立ちを覚えるほど大きな声で俺に話しかける。

「ハッピーバースデイ！　アンク君」

頭がくらくらするほどの大声が耳に突き刺さる。

俺はすぐにその人間を殺したくなった。

俺の爪をもってすればひとたまりもないはずだ。一撃で仕留めようとその人間に襲いかかった。だが、体は動かなかった。正確に言えば体が付いてこなかった。

俺はぶざまに石棺から転がり落ちた。人間は俺に歩み寄り、俺の顔を覗《のぞ》き込む。人間は不愉快なほどに満面の笑みを浮かべていた。

「まだ君はグリードとして生まれたばかりだ。無茶はしないほうがいい」

（グリード？　……なんだそりゃ）

「生まれたての赤ん坊ということだ。これまでの意識の中、君がこれまで見ていた夢の中ではさぞ自由に飛び回っていただろう。何せ君は鳥の王だからね。だけど、この世界ではそうはいかない。むろん、人間などははるかに凌駕《りょうが》する力をもっているが」

「だったら試してやる」

俺は怒りにまかせて鉛のような体を動かそうとする。人間は俺のぶざまな姿を覗き込みさらに不愉快な笑みを浮かべた。

「力を貸してやろう」

そう言うと人間は銀色のメダルを取りだした。

「これはセルメダルというものだ。君たちの体はこのメダルでできている。つまり、それはこういうこと」

そう言うと俺に向かってセルメダルを投げつけた。

俺は避けようと身を翻す。だが、体は思うように動かない。セルメダルは俺の体に当たって地面に落ちる……当然そうなるはずであった。だが……。

セルメダルは奇妙にも俺の体に吸い込まれた。

次の瞬間、俺の中に力が満ちるのを感じた。

人間は、驚いている俺を楽しそうに眺めて、セルメダルを次々と俺の中に投げ入れていった。

どんどん自分の中で力が膨れあがっていくのを感じる。

そして、俺は動けるようになった。

(なぜこの人間は自分を殺そうとする俺に力を与えるのだ?)

まあ、そんなことはどうでもいい。愚かな人間は自分が死ぬための力を俺に与えたのだ。

そのとき、俺はその人間を殺すことで頭がいっぱいだった。

俺は動けるようになった体で人間を絶命させるべく動きはじめた。

攻撃が次第に人間に届きはじめる。当たりさえすれば確実に絶命させられるほどの力だった。

だが、人間はひらりひらりとその攻撃をかわしていく。しかも笑いながらだ。

「素晴らしい力だ！　アンク君。もっと力が欲しくないか？」

人間は楽しむように俺の攻撃を避けながら次々と俺の体にセルメダルを投げ込んでいく。

セルメダルを吸収するたびに体が思いどおりに動くようになる。

それは、まるで自由に空を飛んでいたときのような感覚だった。あのときの自由に近い感覚だ。力が欲しい。もっと自由になりたい。俺はそう考えた。

（この人間を殺す。こいつが持ってるメダルを全部奪ってやる。そうすれば……）

目の前の忌々しい人間を殺したいという気持ちがどんどん膨らんでいく。

俺はこの人間の命が欲しくてたまらなかった。

（そうすれば俺は夢の中の姿を取り戻すことができるかもしれない）

なぜだかそんな気がした。

「素晴らしい！　それが欲望だ」

「欲望？」

「そうだ欲望だ。生きるものすべての原動力。おまえはそれを手に入れたのだ」

俺は、その言葉を遮るように渾身《こんしん》の一撃を人間に見舞う。

タイミングは完璧だった。俺は間違いなく目の前のひ弱な生物の命を奪うことに成功したただろうと考えた。

だが……。

俺の爪は人間がどこからともなく取りだしたベルトによって防《ふせ》がれていた。

「これはオーズドライバーと言ってね。私に君たちのような力を与えてくれる大切なものだ」

そう言うと人間はベルトを自分の腰に巻いた。そして、三枚のメダルをベルトの中に挿入する。

「君に私の力を見せてやろう。オーズの力を」

（オーズ……なんだ？　それは？）

「変身っ！」

人間はそう叫ぶと右手でベルトの腰の部分からパーツを取り外し、バックルの前を通過させた。

そのとき、奇妙な声と歌が空間に響きわたる。

『タカ！　トラ！　バッタ！　タトバッ、タトバ、タットッバ！』

人間はその歌とともに光に包まれる……。

次の瞬間、人間は異形の姿で俺の前に姿を現した。

顔は鷹《たか》。腕には虎のような巨大な爪。そして、足は不気味に屈折している。

「私の下半身にはバッタの力が秘められている。味わってみるか？」

人間は俺の疑問を見透かしたように答える。そして……。

あまりに一瞬の出来事だった。高くジャンプした異形の戦士は、俺の体に鋭いキックを見舞った。俺の体からは多量のセルメダルが飛び散った。

「せっかく君にプレゼントしたものだ。はやく拾いたまえ」

「うるさい」

俺はやみくもに人間に向かっていった。

あとになって考えてみればそれはヤケクソのようなものだったのかもしれない。

俺の攻撃、俺の爪は人間には届かない。それどころか人間の巨大な爪が確実に俺の体からセルメダルを削り取っていく。

「くそっ。なんでだ！　なんでなんだ！」

そう叫んだ瞬間だった。人間の爪は俺の体を深く貫いた。

「これがオーズ・タトバコンボだ。君たちの核となるコアメダルの力を身にまとう戦士の姿だ」

「……コアメダル？」

俺はこの感覚を覚えている。

そうだ。夢の中だ。

夢の中で俺の体からメダルを抜かれたときの感覚だ。俺は夢の中でもこの男にメダルを抜かれたのだ。

「やめろ！」

叫びも虚しく、人間は俺の体から爪を引き抜いた。

爪の隙間には俺から引き抜かれた六枚のメダルが挟まっていた。俺はセルメダルをはぎ取られたのとは比べものにならない脱力感に襲われた。

「これはコアメダル。君たちは九枚のコアメダルによってできている。安心していい。六枚抜いたからといって死ぬわけではない。今、君が感じているように力は大幅に下がってしまうがね」

「俺のメダルを返せっ」

「そろそろ余興は終わりだ。改めて自己紹介をしよう。私はこの世界のすべてを手に入れる『王』だ」

「『王』？　王は俺だ」

「もちろん。君も王だ。だが、私は君たちを作った。どちらが上に立つか賢明な君ならわからないわけではあるまい」

（君たち？）

「そうだ。紹介しよう」

人間がそう言うと別の人間たちが現れて大量のセルメダルを運び込みはじめた。

そのとき初めて俺が目を覚ました石棺のほかにも四つの石棺があることに気がついた。

石棺の上には、それぞれ九枚のコアメダルが置いてあった。

「彼らが君の仲間だ」

合図をすると人間たちが四つの石棺の上に大量のセルメダルを積み上げた。石棺は光に包まれる。コアメダルを中心にセルメダルがまるで生き物のように蠢いていく。

やがて、メダルの塊は人型となり、異形の怪人として完成する。

「ハッピバースデイ！　ウヴァ！　カザリ！　メズール！　ガメル！　彼らも君と同じグリードだ。それぞれがそれぞれの王としてこの世界に君臨する。鳥の王。虫の王。地上でいちばん強い獣を束ねる王。水に棲《す》む生き物の王。重く巨大な生き物を束ねる王。たくさんの王に囲まれて私はうれしい。こんな素晴らしい王を束ねることができるのだからね。じつに素晴らしいっ！」

俺は混乱していた。聞きたいことは山ほどあったはずだ。

だが、それを聞く気にはなれなかった。俺は仲間と呼ばれたグリードたちを見て愕然としたからだ。

（つまり、俺もあんな醜い姿をしているというのか……）

かつて、夢の中で俺の体は赤く美しい羽に覆われていた。鳥たちの中でもっとも美しい姿をしていたのだ。

もう俺の体に柔らかな羽はついていない。

放心状態で俺はふと自分の右手を見つめた。

俺の腕にはごつごつとした醜い翼がついていた。

（こんな羽じゃあ。高くは飛べないな……）

俺は、改めて失ったものの大きさに愕然とする。

そして、ある気持ちが俺の心を支配しはじめる。

「取り戻したい。俺のすべてを……。失ってしまった俺のすべてを」

俺は耐えがたい欲望の虜となった。

3

信じられないことに人間は自分たちの誕生を祝うようだ。生まれたとき。そして、それから誕生日が来るたびに。

俺はその神経がまったく理解できなかった。

(そんなにうれしいのか？　満たされることのない欲望の地獄で生きることが)

『王』が俺の誕生を祝福する声が俺の耳にこびりついて離れない。

当然だ。あいつのせいで望んでもいない地獄で生きることになってしまったのだから。

永遠に満たされることのない欲望の地獄を。

あの声は俺に欲望の中で永遠に生き続けろという呪いそのものであった。

あの忌々しい体験からずいぶんと時間が流れた。

俺は欲望の奴隷だった。

胸の内からわきでる欲望を抑えきることができずに地獄のような毎日を送っていた。

「欲しい」と思うことがこんなにつらく苦しいことであるとは……。そして、その「欲しい」という思いは何をしても満たされることはなかった。それはこれからもずっと続くように思えた。

俺はそんな地獄の中にいた。

俺の唯一の慰めはセルメダルを集めることであった。

セルメダルを集めて、それを体に取り込む。自分の体にわずかに力が満ちる。どれだけ吸収したところで空白が埋まるわけではないが慰めにはなった。

セルメダルは、人間にセルメダルを挿入して生みだしたヤミーという怪人を使って集めることができた。

ヤミーは人間の欲望から生まれる。人間の欲望の具現化とも言える存在であった。

ヤミーは宿主となった人間の欲望のままに動く。そして、宿主の欲望を満たすことでセルメダルを生みだす。

俺はより多くのセルメダルを集めるために人間を観察するようになった。大きな欲望を持った人間から生みだしたヤミーのほうがたくさんのセルメダルを手に入れることができたからだ。

観察をはじめた俺は徐々に人間を理解していった。

人間は興味深い生き物だった。そして、じつに愚かであった。俺たちグリード以上に欲望に振り回されて生きているように思えた。

人間の欲望は多種多様であった。

金銭欲。食欲。嫉妬。出世欲。支配欲。名誉欲………。

さまざまな欲望を満たすために他人を裏切り、欺き、殺しあう。それが、たとえ家族であったとしても。彼らは際限のない欲望を満たすためになんだってする。

人間たちはまさに際限のない欲望に取り憑《つ》かれていた。「欲しい」と思わずには生きていけないのだ。

『王』が言っていた。

「人間は生まれ落ちた瞬間に『欲しい』と叫ぶ。それが、赤ん坊が泣く理由だ」

人間は生まれ落ちた瞬間から欲望の奴隷だ。彼らは欲望を満たすことを目的に生きる。観察しているとそれがずいぶんと滑稽なことに思えてならなかった。それは、人間の一生に限りがあるからだ。

欲望を満たすために生きているという点では俺たちグリードも同じであったが、その一点のみ違った。俺たちには寿命というものがない。そう『王』から聞かされた。永遠に「欲しい」と思い続け、欲望を満たし続ける。

だが、人間はそうではない。人間の一生はあまりに短い。どんなに欲しがっても、どんなに欲望を満たしたとしても、人間は死ぬ。どんなに欲望を満たそうと死ねばそれで終わりなのだ。

だからこそ寿命の短い人間が欲しがり続けることが無意味なことに思えた。だが、人間はそんなことお構いなしだった。

『王』もまたそういった人間の一人だった。

すくなくとも俺は人間の中であれほどの欲望の持ち主に会ったことはない。

『王』の治める国は、大陸の中心にあった。

その国の歴史は古く領土はさほど大きくはないが活発な交易により豊かさを保っていた。それは周囲を大国に囲まれた国としては異例のことであった。たいがいの場合、そのような国は大国の都合に振り回され疲弊《ひへい》してしまうものだ。

そうならない理由は、交易の中心品目である薬にあった。戦争をすれば人間がけがをする。けがをして兵士がいなくなれば戦うことができない。そうなれば薬が必要となる。その国では、豊富に採れる薬草を特殊な技術によって精製し、薬にして輸出をしていた。その質の高さはどこの国も及ぶことができなかった。

その質の高さを支えていたのが錬金術師であった。

彼らの主たる目的は薬の精製ではなかったが、良質な薬を作るのに十分な知識と技術力を持っていた。それゆえ、錬金術師はこの国でもっとも厚遇され、優秀な錬金術師が職を求めてその国に集まっていた。

『王』は、その小国の王に即位するとその錬金術師を集めて命令を下した。

「君たちの欲望を解放したまえ。それが私の欲望を満たす第一歩となるのだ」

錬金術師たちの真の目的は人工の生命体を作ることであった。『王』は、それを全面的にサポートすると約束した。

その結果、誕生したのが生物のパワーを凝縮して作られたコアメダルだった。

コアメダルの誕生は、オーズに巨大な力を与えることになる。

その力に歓喜したオーズは他国の侵略をはじめる。周囲の国はその圧倒的な力になすすべなく屈服させられていった。

オーズは俺が見たタトバと呼ばれる力以外にもさまざまな力を持っていた。

俺のコアメダルを使い変身する「タジャドルコンボ」は、鳥の力を凝縮した炎の力を持っていた。炎の翼で舞い上がり上空から人間を無残にも焼き尽くす。オーズはこの力を使っていくつもの村を空から焼き尽くした。

ウヴァのコアメダルを使う「ガタキリバコンボ」は、虫の力を凝縮した雷の力を持っていた。分裂することでどんな大軍にも打ち勝つことができた。一万を超える兵を相手に一人で挑《いど》むという常識では考えられない出来事に、敵はその戦意を打ち砕かれ敗走した。

カザリのコアメダルを使う「ラトラーターコンボ」は、猫科動物の力を凝縮した俊敏さと灼熱《しゃくねつ》の力を持っていた。その圧倒的なスピードで敵国の城に侵入し、瞬く間に敵国の王を討ち取った。ある国への進軍では灼熱の力を使い、湖を干上がらせ、自軍を通常の数倍の速度で進軍させた。

メズールのコアメダルを使う「シャウタコンボ」は、水棲生物の力を凝縮した水の力を持っていた。海に面した敵国の無敵と呼ばれた艦隊を水の中から壊滅させた。

ガメルのコアメダルを使う「サゴーゾコンボ」は、重量級動物の力を凝縮した計り知れぬ力を持っていた。強大な力によって地面を割り、その中に吸い込まれていった哀れな兵士たちは大勢いた。

どの力も人間の国を制圧するには十分すぎるものであった。

『王』は、広い領土を手に入れた。

そして、制圧した国々の民を奴隷にし、それぞれの国が宝物庫に納めていた秘宝を自分のものにした。

いつしか小国だった国は大陸のほぼすべてを手に入れるまで成長していた。大陸のすべての国を、文化を、生命をその手におさめたのであった。

それが『王』の欲望の現在の姿であった。

俺たちが誕生したのはそれからほどなくしてからであった。

『王』はそれぞれの生命の王である俺たちを使って、他国を侵略するつもりだった。グリードを作りだそうとしたのはそのためだ。

だが、完成した十枚一組のコアメダルから俺たちグリードが誕生することはなかった。

コアメダルの誕生はオーズシステムの完成という恩恵をもたらしたが、錬金術師たちの最初の目論みはなかなか達成することができなかった。

『王』が他国に侵略中のことだった。錬金術師の筆頭格であった「ガラ」は、『王』によってコアメダルが持ちだされ九枚となったコアメダルに大量のセルメダルを与える実験を行った。

その実験は成功する。

十枚から一枚を抜き去り「欠けた」数字にすることで足りないがゆえに満たしたいという欲望が生まれたのだ。

新しい生命の誕生に歓喜したオーズは、自分が使っていたコアメダルを最小限だけ残し、俺たちを生みだしたのだ。

俺たちは、集めたセルメダルの大半を『王』に納めることを約束させられた。

不愉快な話ではあったがそれを正面から拒んでこれ以上コアメダルを奪われるのも不愉快な話だ。だから、俺は自分を満たすためにより多くのセルメダルを集めなければならなかった。

「奴からヤミーを生みだしたらさぞかし強いヤミーが生まれるだろうな。あれほど強大な欲望を持った人間などいないのだから。そうすれば大量のセルメダルも、簡単に手にはいる」

ウヴァがかつてそうボヤいたのを聞いたことがある。プライドをいっさい感じさせない卑屈な言い回しに奴の神経を疑ったが、俺自身そう思わないでもなかった。

結局のところ、『王』はセルメダルを大量に手に入れるために俺たちを作りだした。

（なぜだ？）

そんな疑問が頭をよぎる。『王』はなぜセルメダルを必要とするのだろうか？　もちろんセルメダルが力の源であることはたしかだ。セルメダルを大量に取りこめば『王』はさらなる力を手に入れることができるだろう。しかし、そんな力が必要であるとも思えない。現在の力でも人間の世界など簡単に手に入れることができるだろう。

『王』はさらにその先を見据えているのか？

大量のセルメダルを手に入れて何かをするつもりなのか？

きっとカザリもこの疑問にひっかかっているはずだ。あいつは俺と同じくらいに頭がキレる。あまりある時間の中で俺はそんなことを考えていた。

「だが、いつまでも……あの男の下についているのはおもしろくない」

愚かな人間ごときに従わなければならないことががまんならなかった。

「王であることを思いだせ」

もう一度、夢の中の自由を取り戻すために、俺はひとつの決意をした。

4

「『王』を倒す。おまえらも手伝え」

俺の突然の言葉にほかのグリードたちは驚きを隠しきれない様子だった。俺はほかのグリードの言葉を待った。

「あなたは『王』の片腕なんじゃなくて」

最初に沈黙を破ったのはメズールであった。奴は水棲生物の王だった。人間で言うところの女の格好をしていた。

「バカなことを言うな」

「ごめんなさい。手下だったわね？」

メズールがそう言うのも無理はない話だ。

グリードの中で唯一俺が『王』とのつながりを持っていた。グリードたちが集めたセルメダルを『王』のもとに運ぶ。それが俺の役目だ。

俺も好きでこんなことをやっているわけではない。

俺たちが誕生したあの日。俺がコアメダルを奪われたのが発端であった。グリードはそれぞれが『王』にコアメダルを奪われ、完全な力を出せないでいるが、六枚ものコアメダルを奪われたのは俺だけだった。六枚のコアメダルによって失った力は絶大だった。

おそらくこいつらと一対一でやりあったとしても俺に勝てる見込みはないだろう。

不愉快きわまりない現実だった。

だから、俺は『王』の持つ絶大な力に頼って、ほかのグリードたちとわたりあうしかなかったのだ。

「俺はあいつの手下になった覚えはない。今だって隙さえあればオーズの命を狙ってる」

「ご苦労なことだな。そのたびにボロボロにやられて、セルメダルを奪われる。それじゃあ世話がないだろう」

ウヴァが愉快そうに俺の肩に手をかける。

「……おまえのコアメダルの数は何枚だ？」

「九枚に決まってるだろ」

ウヴァは姑息《こそく》に逃げ回って『王』にコアメダルを奪われないようにしていた。だが、それはつい最近までの話だということを俺は知っていた。

「城に忍び込んで『王』のコアメダルを奪おうとしたらしいな。結果はどうなった」

ウヴァが不機嫌に黙り込む。

ウヴァは返り討ちにあって、自分のコアメダルを四枚奪われていた。まったく滑稽な奴だ。

「俺が持っているコアメダルは五枚だ。三枚のおまえよりコアメダルを持ってるぞ！」

そこにガメルが口を挟む。

「三枚と五枚？　どっちが多いんだっけ？　メズール」

「五枚よ」

「そうか。五枚か？　五枚のほうが多い。五枚のほうが多い」

ガメルが無邪気にメズールに語りかける。

重量系生物の王であるガメル。サイや象から連想されるように、素早さからはかけ離れた体格の持ち主だ。それが理由かどうかはわからないが知能はきわめて低い。己の思うままに行動し、好奇心の赴くままに人間からヤミーを生みだす。そう考えると奴がもっともグリードらしいグリードかもしれない。

しかし奴を愚鈍とそしる者はいない。なぜなら俺たちの中でいちばんコアメダルを持っているからだ。

七枚。それがガメルの持っているコアメダルの数だ。

『王』がなぜガメルのコアメダルを二枚しか奪わなかったかはわからない。自分に反抗することがないと考えたからか……。いずれにせよ『王』に反旗を翻すにあたって貴重な戦力であることはたしかだ。

「いつまでもあんな奴にセルメダルを奪われ続けるのもおもしろくない」

「おもしろくないって言っても仕方がないものは仕方がないだろう」

ウヴァが反論する。

「俺たちが王であることを忘れたのか。俺は忘れちゃいない。人間のような愚かな生物が俺たちを操るなんてがまんができるのか？」

ウヴァが黙り込む。

しばらく沈黙が続く。そして、最後の一人が口を開いた。

「いつかはだれかが言いだすと思っていたよ。だけど、本当にそんなことできると思っているの？」

カザリだった。猫の頂点に立つ王と言えばかわいいものだが、グリードの中でいちばん食えない奴だった。つねに先の先を読んで行動する。じつのところ、『王』にセルメダルを差しだすことを最初に承諾したのはこのカザリだった。俺でさえその不快さから拒絶していたときに。全員がその行動に目を丸くした。

カザリも俺と同じように多くのコアメダルを奪われていた。その数は五枚。つまり、カザリの体の中には四枚のコアメダルしか存在しない。俺の三枚に次ぐ少なさである。それゆえに、分が悪いと踏んでセルメダルを差しだすことを決めたのか。それともそれ以上に何かを考えてのことかは俺にはわからない。だが、カザリなりに考えての結果であることはたしかだった。

カザリは俺にとってグリードの中でもっとも警戒しなければならない存在であった。

「どうなの？　勝ち目はあるの？」

「俺はオーズが奪った俺たちのコアメダルを隠してある場所を知っている」

「本当なの？」

メズールが疑い深そうに俺に問いかける。

「本当だ。まずはそれを取り戻す。完全体のグリードが五体集まればオーズの力に対抗できるかもしれない」

カザリがさらに問いかける。

「対抗できないかもしれない？」

「まだ、奥の手がある」

「奥の手？　なんだ？　それは？」

ウヴァが前のめりで話に加わる。俺の提案に乗る気は満々のようだ。

「『王』からヤミーを生みだす。俺たち全員でセルメダルを奴に入れて、ヤミーを生みだす」

かつてそのようなことをやったことはなかった。五体のヤミーが生まれるのか。それとも一体の強力なヤミーが誕生するのか……。どちらにせよ、あれほどの欲望の持ち主なら、さぞかし強いヤミーが生まれるはずだ。

俺は饒舌《じょうぜつ》にグリードたちに語りかける。奴から強力なヤミーを作りだせばさすがのオーズといえども苦戦するはずだ。

俺たちグリードは仲間ではない。己の欲望に忠実に動くだけだ。

そこには、連帯感も思いやりも存在しない。

ただ、欲望だけがそこにある。それゆえに、互いの欲望が一致したときの力は計り知れない。それぞれが自分の欲望に向かって全力で行動すれば……。どんな強大な力といえどもひとたまりもないはずだ。

5

できるだけ大きな欲望を持つ人間を探すために、俺は深い森の中にいた。

この深い森のどこかに大きな欲望を持った人間がいる。そんな気配を感じていた。俺には強いヤミーが必要だった。強いヤミーを作るためには強い欲望を持った人間が必要だ。

強いヤミーを必要とするのには、『王』と戦うため以外にも理由があった。

俺の敵は『王』だけではなかった。グリードたちだ。

全員が提案に乗ったとはいえグリードは所詮欲望の化身。自分の欲望のためにいつお互いを裏切るかわからない。事実、『王』を倒せば次にグリード同士の戦いがはじまるだろう。互いのコアメダルを奪いあい、互いに優位に立とうとするだろう。ガメルを除いた三人はそう行動するはずだ。

中でもとくにカザリ。あいつは要注意だ。

状況が変われればいつでも俺たちを裏切って『王』に付く。あいつはそういう奴だ。そうなっては『王』に対して勝ち目を失うことになる。

そんな事態は絶対に避けなければならなかった。

すくなくともそうなったときに出し抜かれないように手を打つ必要があった。そのためにも強いヤミーが必要だったのだ。

計画が失敗すればさらにコアメダルを奪われるだろう。俺の中にあるコアメダルは三枚だ。これ以上失ったら、どれくらい力を失うか想像もつかない。

俺はふと考える。

『王』は俺たちに永遠の命を与えたと言った。そして、俺たちの命がコアメダルに宿っているとも。

つまり、俺たちはひ弱なメダルにすぎないのだ。

コアメダルの数が少なくなれば王たる力を失う。セルメダルが極端に少なくなればこの体を維持することも難しい。そうなれば、コアメダルに宿った魂だけの存在となる。

そうなればセルメダルを集めることも難しいだろう。

ただ、己の欲望に苦しむだけの存在になるということだ。

はたしてそれを生きていると呼べるのか？

いや、それ以前に俺たちは本当に生命と呼べるのか？

かつて夢の中でみた風景を思いだす。そこにはたしかに生きているという実感があった。

そこはさまざまな色彩にあふれた世界だった。命が色となって視界に飛び込んで来た。だが、今は目に飛び込んで来るものすべてに色はなく生命の息吹を感じない。

匂いだってそうだ。俺は海の匂いを感じながら飛んだ。森の木々の香り。湿った土の臭い。だが、今はなんの匂いも感じない。

かつて、自分の命を保つためにはほかの命を奪わなければならなかった。どんな生き物も口の中に入れれば味があった。うまいもの、まずいもの。苦い、甘い、辛い……。

だが、今わかるのは熱いか冷たいか、その程度だ。

俺は自分の生命を実感できなかった。

森の中を歩きながらそれが俺の欲望の正体かもしれない、そう考えた。俺は生きていることを実感したいのだ。あの夢の中のように……。

そんなとき、俺は強い欲望の気配に気がつく。

「この近くだ」

強い欲望を持った人間の気配を感じる方向に向かって俺は走りだした。

これほどの欲望をもった人間はめったにお目にかかることはない。もしかしたら、『王』にも匹敵するかもしれない欲望の大きさだった。

俺は欲望の気配を感じた瞬間にその人間がどんな欲望を持っているかわかった。その人間の見たい風景のイメージがビジュアルとなって目の前に広がる。金が欲しい人間は黄金の世界。名誉が欲しい人間には群衆の歓喜。そんな具合にだ。だが、今回に限ってはなんのビジュアルが浮かぶこともなかった。強いて言えば闇。真っ暗な闇だった。

俺はその人間に興味を覚えた。

(どんな人間だ?)

ひょっとしたら「この世を闇に葬りたい」そんなことを考えている人間かもしれない。きっと自分ともども消し去ってしまいたいと。だとしたらきっと最強のヤミーが生まれるに違いない。俺は心が躍った。

俺の視界にその欲望の持ち主と思われる人物が飛び込んできた。

それは、少女だった。少女は地面にかがみ花を摘んでいた。

美しかった。俺はこんな美しい人間を見たことがないと思った。

さすがの俺も面食らった。どうしてこんなに小さな少女がこんなにも大きな欲望を?

たしかにこれまでも老若男女問わずに欲望の持ち主からヤミーを作りだしてきた。だが、こんな少女は初めてだった。見たところ八歳といったところだろうか。

俺は心の中での落胆を隠しきれなかった。勝手な想像とは言え目の前の少女がすべてを葬りたいなどと考えているとは思えなかったからだ。

俺は自分の夢想に落胆した。

(何が「この世を闇に葬りたい」と思ってる人間だ)

そして、そんなことを夢想してしまった自分が滑稽に思えた。ひょっとしたら、それは俺の欲望なのかもしれないな。そんな気がした。

（まあいい）

この少女の欲望がどんなものだとしても、巨大な欲望であることにかわりない。俺はつまらないことを考えることをやめてさっさと少女からヤミーを生みだすことにした。

俺はセルメダルを挿入するために少女の背後に近づく。

少女は俺の気配を感じて俺のほうを振り向く。そして、俺に向かってつぶやいた。

「トリさん？」

静かできれいな声だった。

（トリさん？　俺のことか）

普通どんな人間でも俺に出会えば驚いて逃げだすものだ。当然だ。俺は異形の怪人なのだから。威張った大人でも腰を抜かして逃げていく、そういうものだ。だが、その少女は違った。じっと俺を見つめて、逃げようともしない。

「トリさんなの？」

不思議な奴だと思った。少女の目は焦点が合っておらずどこか遠くを見ているように思えた。もしくは、俺の心の内を見ているようにも。

「俺はトリじゃない」

「トリさんがしゃべったっ！」

少女はようやく驚いた。何かがずれている。

「しゃべれるトリさんなの？」

「だから鳥じゃないと言っている」

「嘘。だってあなたから羽の音が聞こえるよ」

「羽の音」

「そう。すっごくおっきな音。ってことは、すっごくおっきな羽なんだよね」

少女はそう言うとこちらに向かって歩きだす。おぼつかない足取りで、手を前に出しながら、ふらふらと。

俺は不思議な気持ちで少女を眺めていた。

「危ない」

(この少女はいったい……)

その瞬間、少女は木の根っこにつまずいてバランスを崩して倒れそうになる。

俺は思わず声をかけた。そして、転びそうになる少女を受け止めた。

「ごめんね。ありがとう」

少女は俺に礼を言った。礼を言われる？　俺が？　バカな？　なにをしてるんだ俺は。

「やっぱりふさふさ」

「ふさふさだと？」

「やっぱりトリさんだ。羽がふさふさ」

　バカなことを言うな。俺はごつごつしてる。触ればわかるはずだ。美しい羽はとうの昔に失ってるはずだ。少女はそんなことお構いなしに俺を力一杯抱きしめてくる。

「離せ」

　気がつくと俺は少女を突き飛ばしていた。地面に倒れ込む少女。

「あいたた……。トリさん。……乱暴だよ」

　けがはしていない。それを確認してなぜだか俺はホッとする。人間なんていくら傷つこうが一向にかまわないと思っていたこの俺が。自分の中に生まれた気持ち悪い感情を全力で否定したくなった。

「トリさん。どこ？」

　そのとき、俺は少女の異変に気がついた。少女はあらぬ方向に向かって話しかけているのだ。

「目が見えないのか？」

　俺の問いかけに少女がこちらを向く。

「そっちにいた！」

　少女がよたよたとこっちに向かってくる。俺は危なっかしい歩みにいてもたってもいられずに右手を伸ばし、少女の手を取った。俺はもう一度少女に問いかける。

「……目が見えないのか」

「うん。ねえ。トリさんって、青い？」

「どういうことだ？」

「私、青い鳥を探してるの」

少女は俺の右手を両手で強く握ってそう言った。不思議な感覚だった。『王』にコアメダルを奪われて以来、人間に触れることに激しい嫌悪感を感じていた。だが、この少女に手を握られるのは悪い気分がしない。それどころか愛おしさや安らぎに似た感覚すら感じる。

「そんなものを探してどうするんだ？」

「青い鳥を見つけると幸せになれるんだよ。私ね、お母さんが死んじゃってからずっと探してたの。ねえ、トリさんは何色？」

「俺は……赤い」

「……そっか」

少女は残念そうにつぶやく。

「だけど、おまえの欲望を満たすことはできる」

「欲望？　欲望ってなに？」

「おまえのやりたいことだ。何がしたい？」

「きれいなものが見たい」

（きれいなものか……。そうか。俺と同じだ）

俺は心の中でそうつぶやいた。俺もできれば見てみたい。かつて見てたあの美しい世界をもう一度。この目に……。

俺は、少女の額に手をかざした。少女の額にメダルの挿入口が現れる。そして、俺はセルメダルを一枚取りだした。

「おまえの欲望を満たしてやる」

俺は、少女の額にセルメダルを入れた。

6

その日、俺は『王』のもとにセルメダルを納めに行った。

王宮の人間は俺たちグリードの姿を見ても驚くことはない。王宮には錬金術師たちが作りだした不気味な生命体がたくさんいた。

むろん、どれも生命体と呼ぶにはお粗末なものばかりだった。動物と動物を掛けあわせたキメラ。場合によっては奴隷たちも狂った錬金術師の実験材料となり哀れな生き物に姿を変えられていた。

グリードのような知性をもった生命体は再び作ることは叶《かな》わなかったようだ。

(当たり前だ)

俺は、俺たちが特別な存在であると信じていた。ほかのグリードたちもきっとそうだ。むろん、そんな根拠も、俺たちより数段優秀な生命体が生まれないという保証もどこにもなかった。そうなったとしたらじつに不愉快きわまりない。

(俺たちもこいつらと同じか……)

俺は脳裏に浮かぶそんな思いを振り払う。ここにいる我らに駆逐《くちく》されるのを待つ哀れな生命体に成り下がらないためにも、『王』を倒してコアメダルを手に入れる必要がある。

蔑《さげす》んではいるが不気味な生物がこの城からコアメダルを盗みだす際の障害になるのは明らかであった。一体ごとの戦闘力はささいなものであったが数が多かった。時間がかかりすぎれば面倒なことになるのは間違いない。『王』がいない隙を狙っているとは言え、混乱を察知した『王』が瞬時に戻ってくることも考えられた。

念には念を入れて作戦を実行する必要があった。人間の争いを見ていてもわかることだったが、戦いを挑む時点で勝敗の八割は決まる。勝敗を分けるのは準備の量にほかならない。俺はできるだけたくさんの情報を手に入れようと誓った。

俺はそんなことを思索しながら王の間へと向かう。

王の間にたどり着いた俺は重い扉を開ける。

扉の中には、『王』と意外な人物がいた。

カザリだった。

(どうしてカザリがここにいる)

カザリがここにくることはめったにない。俺以外のグリードが自分から望んでここにくることは皆無と言ってよかった。

(なぜ奴がここにいる)

最悪の結果が頭をよぎる。

(まさか……俺たちの計画をばらしに来たんじゃないのか……)

そうなってはすべてがおしまいだ。叛意《はんい》を知れば『王』は黙ってはいないだろう。『王』は俺に制裁を加えてコアメダルを奪うだろう。そうなる前に逃げだすか……。それとも反撃を。すぐにその可能性を頭の中から振り払う。『王』だけを相手にしても勝ち目はない。そのうえにカザリまでいる。二人を相手に今の自分が戦えるはずはなかった。俺は即座に自分の行動すべき道を選択する。

（この前作ったヤミーを呼ぶ。そうすればせめてこの場を逃げるくらいは……）

「君と目的は同じだよ」

カザリの声がふいに俺の耳に飛び込んでくる。

「セルメダルを王様にわたしに来ただけだよ」

カザリはそう言うと楽しそうに言葉をついでいく。

「王様から聞いたよ。最近荒稼ぎしてるみたいじゃないか。よっぽど欲望の強い人間からヤミーを作ったんだね」

「……大したことはない」

「謙遜して君らしくない。王様はとっても喜んでるよ。僕なんて納めるセルメダルが少なくて怒られたっていうのに」

そう言うとカザリは、視線をオーズに送った。

「アンク君は自分の欲するままに行動した。その結果がこれだ！　カザリ君、己の欲望の求めるままに動きたまえ。アンク君、君だってそう思うだろう？」

『王』は愉快そうに俺に問いかける。その言葉は、カザリに俺の計画を聞かされたと思えるものではなかった。

「どうかしたのかね？」

「いや……」

「どうしたのアンク。君らしくないんじゃないの？　いつもの君だったら王様にだって悪態をつくだろう。僕にはできないけどね」

「べつになんでもない」

カザリは、俺たちを裏切るためにここに来たのではないのかもしれない……。本当にセルメダルを持ってきただけなのか？

「用が済んだのなら帰りたまえ。私はこれからアンク君と相談があるのでね」

「じゃあ、最後に。セルメダルを納める割合を減らしてもらえないかな。たとえば、六：四くらいとか」

「だめだ。私が七で、君たち三。それを譲るつもりはない」

「考えておいてもらえばいいよ。僕の提案の割合がふさわしいと思ったらそうしてよ。またね。アンク」

カザリは、そう言うと猫科動物特有の静かな足取りで部屋を出ていった。やはりカザリは、『王』に何も言っていない。俺は軽い安堵《あんど》を覚えたが、警戒しながら『王』に向き直る。

「交渉というのはじつに難しいものだ。もし、セルメダルの割合を変えたいならば私になんらかの利益をもたらさなければいけない。私が得だと思うほどのね。それが交渉というものだ」

仮にカザリが俺たちの計画を『王』に伝えていたとしたらどうだ。喜んでセルメダルの割合くらい変えるのだろうか。

「君ならわかるだろ? アンク君」

『王』はいつものすかした笑みを浮かべる。

「知るか」

(やはり、カザリは様子を見にきただけのようだ。一瞬でも怯《おび》えた自分に腹が立つ)

そう考えた俺は安堵した。カザリのふいな行動に多少なりとも動揺した自分を自嘲する。今日はさっさとセルメダルをわたして王宮を出よう。

そう思った瞬間のことだった。

「君が首謀者となって私を葬ろうとしてるようだね」

『王』がしゃべった言葉に俺は、自分の耳を疑った。

「カザリ君から聞いたよ」

『王』はこれ以上ないといった笑みを浮かべながらそう言った。

あまりに突然のことに俺は言葉を返せないでいた。

「驚かせてしまったようだね。でも、君だってそう考えたはずだ。この部屋に入ってカザリ君がいたとき、『カザリ君が計画のすべてを私に話しに来た』その可能性を考えたはずだ。疑り深い君ならそう考えるはずだ。そういえば、あのとき、君はかなり動揺していたね？　動揺を抑えるのに必死だったのではないか？　その点ではさすがだと言えるね。君を観察する限りミスは犯していなかったよ」

鬼の首を取ったように『王』はまくし立てる。腹に響くような大きな声でだ。

これが『王』だ。こっちの考えを全部見透かして人を食ったような笑いを浮かべる。人が戸惑うことを笑い、楽しむ、なんて悪趣味な奴なんだ。

俺は苛立ちを覚えながらも次の行動の選択を迫られていた。

戦うか。逃げるか。

どちらにせよ。計画がばれたからには、俺はただではすまない。俺はこれ以上コアメダルを失うわけにはいかないのだ。一対一であればなんとか逃げおおせられる可能性もある。俺は意を決して窓に向かって走りだそうとした。

「待ちたまえ。私は君を責めるつもりはない——」

体を動かそうとした瞬間、『王』は俺にそう語りかけた。

「もう一度言う。君を責めるつもりはない」

『王』は念を押すようにゆっくりと俺に話しかけた。

「どういう意味だ？　カザリから聞いただろ？　俺はグリードたちを率いて貴様を倒そうとした。……俺の口からも言ってやる。それは本当のことだ。コアメダルを取り返して貴様を倒す。そう考えている」

『王』に向かって俺は苛立ちのこもった声で言い放つ。『王』は俺の苛立ちを無視して答える。

「素晴らしい！　私は待っていたのだよ！　君たちグリードの内のだれかが私に反旗を翻すことを。私は、それを言いだすとしたら間違いなく君だと思っていたよ。アンク君。私の読みどおりだ」

俺にじつに愉快そうに語りかける『王』。

(俺をからかっているのか……。いやそうではない)

おそらく『王』はただ俺をからかっているわけではないはずだ。そうでなければ隙を見せた瞬間に『王』はオーズに変身して俺からコアメダルを奪い取るはずだ。それをやらないということは……。

俺は、『王』の真意を探ろうと神経を研ぎ澄ます。今となってはここでの選択が俺の運命を左右することになるだろう。

「そんなに警戒しなくともいい。私は君の欲望に心から感動しているんだ。肩の力を抜くといい。君が知りたいことをなんでも教えてやろう」

俺は心を静めて『王』に聞いた。

「……カザリの目的はなんだ。何を条件におまえに計画を話した」

ここまで話されればこっちもシラを切っている場合ではない。カザリは何を目的に俺たちを裏切ったかを知らなければならなかった。

「カザリ君は、君たちを裏切って私の側に就こうとした。じつに素晴らしい。その行動こそまさにグリードそのものだからね。そのグリードが何をしてでも手に入れたいもの。それは」

「見返りはコアメダルか……」

「そのとおり。報酬は私が彼から奪ったコアメダルだ。カザリ君は君たちを罠《わな》にかけてはどうかと提案してきた。計画の最後の最後、私との戦いの折にカザリ君は君たちを裏切る。突然の裏切りに動揺した君たちは作戦に失敗する」

おそらくそれは間違いない。ただでさえ『王』のオーズとは力の差がある。そんな状況で戦闘中にカザリに裏切られたとしたら、あっという間に決着がついてしまうだろう。

――さらに、きっとカザリ君にはもうひとつの目論みがある」

「俺たちの弱体化か……」

「さすがはアンク君。君たちが私を倒すことに失敗すれば、私は君たちのコアメダルを奪うだろうからね。これは〝お仕置き〟だ。そうなれば君たちそれぞれに残ったコアメダルは一枚か二枚になるだろうね」

「俺たちグリードの中でカザリが圧倒的な力を持つようになるってことか」

カザリの考えそうなことだ。

(ちっ。予想どおりか。やはりカザリを外すべきだった)

カザリがそういう奴だということはわかっていたはずだ。はじめはカザリ以外の四人で行動を起こそうと考えたこともあった。

なのに。

少しでも戦力が欲しいと考えたからか。それとも、『王』に敵対する気持ちは同じと考えたからか……。

仲間意識。自分の中にそんな下らない感情があることに気がつく。

(グリード同士で……仲間意識だと、お笑いだな)

俺は己の欲望のためにだけ生きなければいけない。仲間などという言葉は弱い者が使う言葉だ。俺は自分一人では何もできないこの状況を呪うしかなかった。

………。

後悔をしてもはじまらない。問題なのは、俺がこれからどうするかであり、目の前の男がどう行動するかだ。

まず俺は努めて冷静であろうとした。そして、胸の内の動揺を悟られないように注意をしながら『王』に語りかけた。

「俺をどうするつもりだ」

『王』は、俺の心を知ってか知らずか笑みを浮かべる。そして、静かに語りだす。

「君が欲望のままに行動したことを祝福しよう」

俺は声を荒らげそうになるのをぐっと堪えて答える。

「そんなことを聞いているんじゃない。これから俺をどうするつもりなんだ？」

「………………」

「俺がおまえを倒そうとしたのは事実だ。自分の欲望にまかせておまえの命を奪うつもりだった。おまえの讃美する欲望に従ってだ」

『王』は俺の話を静かに聞いていた。

「いくらおまえが欲望に従って行動する俺たちを歓迎しようが貴様が簡単に自分の命を差しだすほどお人好しには思えないが？」

「むろん。もちろんだ。私に死ぬつもりはない」

「だったらおまえを殺そうとした奴をどうする？」

「どうすると思う？」

るということはたくさんの国を支配するということだ。支配とはその人間のすべてを奪い尽くすことだ。だから、君が持っている物のすべてを奪う。これまで支配した国にそうしてきたように。ひどいと思うかね？」

「それを聞いているんだ」

「支配する。私がたくさんの人間を支配してきたのは知っているね。たくさんの国を支配す

「べつに」

「そうだ。何かを欲するということは、一方で何かを奪うことだ。欲しいという気持ちが強い者が奪い、欲しいという気持ちが弱い者が奪われる。私には負ければ私のすべてを差しだす覚悟がある。もちろん君たちに対しても」

「ふん。貴様に計画がばれた以上、俺たちに勝ち目はない。回りくどい話はやめろ。コアメダルを奪うなら奪え」

たとえ一枚になったとしても俺はあきらめるつもりはない。何度だって。

「そんなに簡単に手放さないほうがいい。たしかに君たちは不死の存在であることには間違いがないが、コアメダルは君たちにとっての命そのものなんだよ」

そんなこと言われるまでもない。くどくど言われる筋合いは……。

「コアメダルを破壊するグリードがもう少しで誕生すると聞いている」

脳天を雷で打たれたような衝撃が走る。コアメダルを破壊できるグリード？　つまりそ

のグリードが誕生した瞬間、俺たちが持つ永遠の命は約束されなくなるのだ。

（俺たちに死を与える存在が生まれる……）

心臓が高鳴った。不思議な感覚だった。高揚感といってもいい。俺は『永遠の命』を失うというのにおかしなことだ。俺は死を、この世の終わりを期待しているのか？

「驚いているのかね？　私はそんなものを作らなくてもいいと言ったんだが、錬金術師たちがどうしてもと言うのでね。彼らの考えていることは私の想像をはるかに超えることがある。今では新しいグリードの誕生が楽しみでしょうがないよ」

そうか……。『王』がその力を使って変身したとしたら……。『王』は俺たちを殺す力を得るのだ。ただでさえこの戦力差がある中で俺たちの勝機は絶望的なものになる。さっきまでの高揚感が吹き飛ぶ。おかしな気分だ。死を手に入れ高揚感と恐怖が同時に俺を襲う。

「安心するといい。その力を君たちに使うつもりはない。まだ、今はね」

俺は焦りを覚えた。早く動かなければ……。新たなグリードが完成する前に『王』を倒さなければ。だが、状況は絶望的だ。ついさっきまでならまだしもすべてがばれた今となっては。

『王』に永遠の服従を誓うことができれば楽なのかもしれない。だが……。

「いいかげんに言え！　貴様は俺をどうするつもりだ！」

『王』は笑みを浮かべ空のグラスに酒を満たした。

「じつに素晴らしい。奪われる恐怖は、欲望を膨れあがらせる。失ってしまうかもしれない想像が自分を奮い立たせる」

「言え！」

「私はだれよりも失うことを恐怖しているんだよ。だから、欲するのだ。だから、だれよりも強い欲望を持っているのだ。今の君なら私の気持ちがわかるかもしれないね」

失う恐怖が欲望の原点だと言う。

そうかもしれない。俺もあの夢がなければ、欲しいとは思わないだろう。あのとき、失ったあの幸福を取り戻したいと思うから欲望が生まれる。

（じゃあ。……あの少女が失ったものはなんなんだろう……）

「いいかい？　アンク君。私はまだカザリ君と契約を交わしたわけじゃない」

「それはどういう意味だ？」

「言葉どおりだよ。カザリ君は君たちを私に売ろうとした。だが、私はまだ買っていない。品定めをしている最中というところだ。つまり、今、私は君と契約をすることだってできるということだ」

「俺と？」

「単刀直入に言おう。君にほかのグリードを裏切ってもらいたい」

「なんだと……」

「私はもっと大きな力が欲しいと思っている。できるだけたくさんのコアメダルを確実に手に入れたいと考えている」

「できるだけたくさんの……」

「そうだ……。

すべてのコアメダルを私の中に取り込むつもりだ。私はコアメダルの力を借りてさらなる高みに上り詰める」

『王』はグラスに注いだ酒を飲み干す。そして大きく息を吸い込んだ。

「私は、この世のすべてを手に入れる！　そして、新たな世界を誕生させる！」

俺は『王』の果てしない欲望に言葉を失った。だが、呆然《ぼうぜん》としてもいられなかった。俺がグリードたちを裏切ったとしても俺まで『王』に吸収させてしまっては仕方がない。そもそも取引としては破綻《はたん》している。

「そんなこと……俺の力なんて借りなくたってできるだろう」

「確実にと言ったはずだ。逃げられては困る。今、君を襲ったところで君は逃げおおせるかもしれない。ほかのグリードたちもそうだ。失敗して永遠にコアメダルを手に入れる機会を失ってしまっては元も子もない――

「俺たちを誕生させずにはじめからそうすればよかったんじゃないのか」

「それについては少しも後悔はしていない。君たちの誕生を祝福できたのだから。それに君たちを観察することで欲望というものについて理解を深めることができた」

「貴様はすでに十分力を手に入れているはずだ。人間を相手にする限りだれも太刀打ちができないほどの力を」

「たしかにそうだ。だが、君の質問はじつに愚かだ。何かを欲しいと思う気持ちに終わりはない。それが私の欲望だ。たとえばこの世界や人間を作った神がいるとするならば……。それを倒す力が欲しい。そんなにおかしいことではないだろう。君たちだって君たちを作った私を倒そうとしているのだから」

(貴様を作った神は貴様ほど強欲ではない。現に人間は気ままに生きている)

「そんなことより聞きたいことがあるのではないか？　ほかのグリードたちを裏切ったとして君がどうなるのか？　そっちのほうが聞きたいのだろう」

「俺だけ助かる保証はないはずだ」

「君のコアメダルは全部君に返そう。それでは不満かね」

「なぜだ。俺だけ生かしておく理由なんてないはずだ」

俺は『王』にストレートに疑問をぶつける。

『王』は玉座を立ちあがり、部屋の隅にうずくまっていた魔法生物のもとに歩いていった。その姿は犬と鷲《わし》を掛けあわせて作られた不気味な生物であった。『王』は愛おしそうにその生物を撫でる。

「なぜだろうね……。強いて言えば私は君を見ていたいからかもしれないね。君はグリードの中でもっとも強い欲望の持ち主だ。……私はそう思っているんだよ。君を見ているとまるで私自身を見ているような気持ちになる」

（やめろ）

『王』の言葉に悪寒《おかん》が走った。俺と『王』を重ねあわせられるのは気分が悪いことこの上なかった。そんな理由でコアメダルを手に入れることがまんならない。ほかのグリードたちを裏切るのはむろんなんとも思わない。だが、それだけはがまんならない。

「答えを聞こう」

そう言うと『王』は、魔法生物の胸に手を入れた。魔法生物が不快な叫びをあげる。のたうち回るが『王』の拘束からは逃れることができない。『王』は無情にも胸から手を引き抜いた。

その手には脈打つ心臓が握られていた。

ドクン、ドクン、ドクン……。

主人たる体を失った心臓は、目的を失ってなお動き続けていた。

ドクン、ドクン、ドクン……。

その音は、こぼれ落ちるメダルの音に聞こえた。

恐怖が俺の心を支配する。

(やめろ。服従なんてみっともないことはやめろ。おまえがかつて王であったことを忘れるな。俺は恐れてなどいない。爪を出せ。今すぐ目の前の男の心臓を貫け。哀れに転がる魔法生物のように命を絶て……。それがおまえのプライドだ)

「わかった。俺はグリードたちを裏切ろう」

『王』は笑みを浮かべた。そして、また大きく息を吸い込んだ。

「おめでとう！　新しい君の誕生だ！」

ドクン、ドクン、ドクン……。

ドクン、ドクン……。

ドクン……。

……。

その言葉に反応するように、『王』の手の中の心臓はその鼓動を止めた。

7

王宮を出ると雨が降っていた。大粒の雨だった。

俺はぬかるみに足を取られながら水浸しとなった林道を歩いた。少女のいる小屋に向かっていたのだ。どうしても今日あの少女に会わなければいけない。そんな気持ちになったからだ。

あの少女は、俺が王であることを思いださせてくれる。

きっとあの少女ならグリードたちを裏切り、『王』に対してさらなる服従を誓った俺の進むべき道を指し示してくれる。

俺は自分の決断を恥じていた。

グリードたちを裏切ることはべつになんとも思わない。奴らは仲間ではない。互いの欲望が重なりあえば同調し、それがすれ違えば袂《たもと》を分かつ。現にカザリは俺を裏切った。裏切るなら裏切られることも覚悟しなければならない。つまり、自業自得ということだ。

恥じていたのは、俺が『王』に服従を誓わされたことだ。

俺は死に恐怖し、生きながらえることを選んだ。

なぜ『王』に挑まなかったのか。そんな後悔に押しつぶされそうになる。

俺は王だったはずだ。一度は、『王』に破れ服従を誓った。だが、そのときは、これ以上コアメダルを奪われることを恐れたからだった。『王』を追い落とすことができなくなる。そう考えたからだ。コアメダルをこれ以上、奪われては

だが、今回は違った。

目の前に突きだされた死という事象に恐怖したからだ。

（それではまるで人間じゃないか……）

俺は人間と同じ弱い生き物になることを恐れた。限りある命の中で「欲しい」と思い続け、欲望にまみれたまま死んでいく。俺はそんな人間を蔑んでいたはずだ。

俺は永遠の命の名のもとに欲しいものを手に入れ続けることができる。だから、王であれたのだ。

道は雨でぬかるんでいた。前へと踏みだす足が重く感じる。そのまま足を取られて、泥の中に引き込まれそうな気分だ。

俺は王であることを思いださなければいけなかった。

そのためにはどうしても少女に会わなければならない。

（人間になることを恐れ、人間ごときを頼るなんてな……）

俺は頻繁《ひんぱん》にあの少女のもとに通っていた。

少女から生まれたヤミーは、少女の欲望を満たした。少女の目となって美しい世界を見せ続けた。そして、それによって多くのセルメダルを俺にもたらした。

ヤミーは「コンドル」の姿をしていた。コンドルは、鳥たちの中でも目の良い鳥として知られていた。はるか上空から豆粒にしか見えない獲物を見つけて急降下する。そして、獲物を鋭い嘴と爪で瞬時に捕獲する。

ヤミーも同じであった。獲物は人間の目玉だ。上空から人間の目を狙って急降下。そして、その目玉をえぐり獲る。空から舞い降りるヤミーに人間はなすすべがなかった。

そして、それを少女のもとに運んだ。

少女の前に立ったヤミーは、その目玉を頭の上で握りつぶす。血と体液が少女の頭にこぼれ落ちる。体液が頭を伝って少女の見えない目にたどり着いたとき、少女の頭の中に哀れな目玉の持ち主がこれまで見てきた中でもっとも美しい風景が広がるのだった。

それは美しい風景だったはずだ。

少女は、うれしそうにその風景を俺に語った。できるだけ慎重に細かく丁寧に。

少女の話を聞くと俺の頭の中に忘れかけていた風景が飛び込んでくる。

その話を聞くと俺は王であったときのことを思いだせる。高く自由に羽ばたきこの世の美しい物のすべてが俺の物だと思っていたころを。

俺は少女の語る美しい風景によって王であったころの自分を思いだす。

悪くない循環だった。俺が少女から作りだしたヤミーが少女に美しい風景をみせて、少女はその風景を俺に話して聞かせる。

(美しい風景の話を聞こう。そうすれば俺の苛立ちは消える。きっと)

雨は次第に強さを増して俺の体に打ち付ける。

人間だったら心の底から寒さを感じるのだろうか？　それほどの土砂降りであった。

俺は寒さを感じない。だからというわけではないが、俺は雨が嫌いではなかった。

俺はかつての夢の中で雨に打たれたときのことを思いだす。

あのころは雨が鬱陶しく思っていた。雨を浴びると羽が重くなる。なんてことのない重さであったことは間違いないが、わずかでも速さを失うことが嫌だった。少しでも高く飛べなくなるのが嫌だった。

だが、今は違う。今の俺には羽がない。体は硬い鎧《よろい》のような皮膚に覆われている。

(自嘲的だな……)

俺は雨を好きになったのではない。

雨を鬱陶しく思う必要がなくなっただけなのだ。

鎧のような皮膚を大粒の雨が叩く。それが振動となって体に伝わってくる。人間だったらこんなとき寂しいという感情をもつのだろうか？

そんなことを考えているうちに俺は小屋にたどり着いた。

俺は、扉を開けて中に入る。

小屋の中にヤミーはいなかった。おそらく獲物を探して出ていったのだろう。

少女はベッドで眠っていた。その寝顔は、まるで人形のように美しかった。

俺は、少女が目覚めるのを待った。

少女はこの小屋に一人で住んでいた。正確に言えば幽閉されていた。

決まった時間に食事を運んでくる召し使いがいた。俺はその召し使いを捕らえてその少女の境遇を聞いたことがあった。

（もちろん……哀れなその召し使いが屋敷に帰ることはなかった。森は獣がいて危険なのだから……）

少女は裕福な屋敷の使用人の娘として生まれた。屋敷の主人が使用人に手を出して生まれた子供だった。母である使用人が死んだあとも、しばらくの間その屋敷で暮らしていたが、ある日、視力を失ってしまったことでやっかい払いをされたようだ。

つまるところ少女はこの森の中で死ぬ運命にあったのだ。

「トリさん……」

少女が目を覚ました。

俺は少女のベッドの近くまで歩いていく。

「さあ。美しい風景を俺に聞かせてくれ」

いつもなら……。この言葉を聞いた少女はうれしそうな笑顔を俺に向ける。そして、楽しそうに自分がその日に見た風景を俺に語りだす。

だが、今日は違った。

俺は再び少女を促した。

「どうした。聞かせてくれないか？」

「……うん」

うなずき、顔をこちらに向ける少女。

美しい顔が引きつり歪《ゆが》んでいた。そして、絞りだすように語りはじめた。

「女の子がね。いじめられていたの……。女の子は嫌だって泣いてる。だけどね、やめてくれないの」

少女は乱暴をされていた。それも実の父親であるはずの男に。

俺はたくさんの人間からヤミーを作る中で猟奇的な欲望の持ち主に出会った。カザリやウヴァはそうでもないかもしれないが、俺はそういう下品な人間の欲望を満たしてやろうとは思わなかった。そんな欲望から生まれたセルメダルが俺の体の一部になることに心からおぞましさを感じた。仮に誤ってそんな人間からヤミーを生みだしたとしたら、即座にヤミーごとその人間をこの世から抹殺《まっさつ》するだろう。

少女の父は、俺が会った中でもきわめて猟奇的な欲望の持ち主であった。

その男は、己の欲望のまま幼い少女を襲った。そして、乱暴のさなか、少女から美しい世界を見る力を奪ったのだ。

　ヤミーが運んできた目は少女の父親のもの。

　そして、少女が見た美しい風景は、自分が乱暴される風景だった。

「それでね」

「やめろ」

「おじさんの手が私の目を塞《ふさ》ぐの」

「やめろ。話さなくていい」

「痛いっていったのにやめてくれないの」

「いいから！　やめろ！」

　少女は俺の大声に体を震わせた。そして、絞りだすように口を開いた。

「トリさんが赤いからかな。青くないとだめなんだね……」

　それから少女が口を開くことはなかった。

　ヤミーは相変わらず美しい風景を見せるために人間の目を集めていた。

　少女の頭には美しい風景が浮かんでいたはずだ。だが、それを俺に語ることはなかった。俺が何を語りかけても反応をしなくなった。まるで言葉を失ってしまったように。

「あぁ。あぁぁ」

少女はその日を境に力ないうめき声をあげるようになった。彼女の精神は壊れてしまったのだ。

悲しいと思ったわけではない。

憎しみを感じたわけでもない。

ただ、失ったものを埋めるために、俺は少女がかつて住んでいた屋敷に向かった。

屋敷は警備の人間に取り囲まれていた。かなりの厳重さであった。ヤミーがこの屋敷を襲ったせいだろう。だが、どんなに厳重に警備をしようと人間がグリードである俺に勝てるはずがなかった。

俺は警備の人間を殺して屋敷の中に進んでいった。出会った人間はすべてあの世に送った。そして、少女をひどい目に遭わせた人間の部屋にたどり着いた。

人間は怯えて布団にくるまっていた。そして、許しを乞う祈りをつぶやいていた。

「神よ。お許しください……」

俺は人間にできるだけ苦しみを与えたいと思った。致命傷にならない程度の傷を与え続ける。そもそも視界を奪われていた人間は、転げ回りながら自分の命を奪おうとするものから逃げようとしていた。

「逃げられると思っているのか?」

「た、助けてくれ。命だけは……」

その言葉に頭が真っ白になった。

（この人間は俺だ）

そんな風に感じた。今の俺は俺から命を奪おうとする『王』そのものだった。

俺は人間の急所に爪を突き立てた。

人間はすぐに動かなくなる。目の前の生命体はただの肉塊に変わった。

「ふざけるな！　俺は人間とは違う……。人間とは違うんだ」

俺は翼を広げて飛びたった。

死体が転がる屋敷を空から眺めた。

さらに高く。高く。俺は自分が上がれるギリギリまで高く飛んだ。夢の中とは比べものにならないほどの低さであったが、街を見わたすには十分な高さであった。

街は闇に包まれていた。だれもが寝静まった真夜中だ。人間の営みの気配はない。

俺は少女の住む小屋がある森の方向に視線を送る。闇にまぎれて見えるはずはなかったが、その方向にぼんやりした光が見えた。

俺は滑空して森に向かった。

近づくと小屋が燃えているのがわかった。

小屋は激しい炎と煙に包まれていた。そして、小屋を数人の人間が取り囲んでいた。

俺は瞬時に理解した。

おそらくは目を奪われた人間の縁者に違いない。ヤミーがこの小屋に帰ってくるところを見られたに違いない。

きっと小屋から俺やヤミーが出ていくのを見計らって、火をつけたのだろう。

彼らにとって少女は忌むべき魔女であることに違いはない。そして、魔女が火あぶりになることは決まっているのだろうから。

不思議と、悲しい気持ちになったりはしなかった。冷静に燃える小屋を眺めていた。

すると猛烈な速度で俺の横をヤミーが降下していった。

ヤミーは地面に降り立つなり、そこにいた人間の目をくりぬいた。目を奪われた人間はあまりの早業にたいまつが消えたのではないかと勘違いをする。その勘違いは訂正をされる暇を与えられることなく絶命という結末にたどり着く。

人間たちは仲間の死にパニックとなる。

ヤミーは少女を守るために人々と戦った。次々とあっけなく人間は地面に伏していく。

俺は人間たちが死に絶えるのにさほど長くはかからないと思った。

人間のほとんどが抵抗する間もなく死んでいった。最後の一人の前に立ちはだかるヤミー。その人間を手にかけようとした瞬間だった。

ヤミーはセルメダルとなって消えた。

それは、少女が炎の中で命を落とした瞬間の出来事であった。

欲望の持ち主の死はヤミーの消滅を意味する。

ギリギリのところで命を取り留めた人間は勢いよく走りだした。

俺はなぜだかその人間を追いかけて殺す気にはなれなかった。

生きるとか、死ぬとか。そんなことはどうだっていいという気分になった。

所詮、俺はメダルの塊にすぎない。

「命」に怯えていた姿が愚かに思えてきた。

俺は「欲しいもの」を手に入れ続けてやる。『王』から奪わなければいけないなら奪ってやる。それしか俺がここにあることを証明する術《すべ》がない。

「俺は俺であり続ける」

俺は翼をありったけの力で羽ばたかせた。すでに俺が到達できる最大の高さになっていたがそんなことは関係がない。

力の限り上昇し続ける。

やがて、俺は雲を抜ける。大気も薄くなり、どれだけ羽ばたいても上昇ができないところまでやってくる。

雲に隠れていた月の明かりが俺の体を照らす。

「力を取り戻して、あそこまで行こう。その次は太陽だ」

俺は誓う。

夢でみた風景をもう一度この手に入れてやる。失ったものは必ず取り返してやる。

8

俺たちは王宮の「王の間」にいた。

入り口には哀れな魔法生物の死骸が転がっていた。

もちろん玉座に『王』はいない。俺たちは『王』の留守を狙って王宮へと乗り込んだのだ。

想像どおりふいの侵入者を排除するために多くの魔法生物が俺たちに襲いかかってきた。ここにたどり着く途中までは数を数えていた。だが、途中でやめてしまった。そんなことがめんどうに思えるほどに多くの生物が襲いかかってきたからだ。

中にはグリード五人が束になったとしても苦戦するほどの巨大な生物もいた。奴は大量のセルメダルを身にまとい、猛然と俺たちに襲いかかってきた。パワー勝負でガメルが負けていれば俺たちの勝ちはなかったかもしれない。

ほかにもさまざまな魔法生物が俺たちに襲いかかってきた。どれも難敵ばかりだった。

俺たちは負けるわけにはいかなかった。ガメルは無邪気に戦っていたが、すくなくともメズールとウヴァはそう考えていた。『王』に反旗を翻した以上、後戻りはできなかった。コアメダルを奪われ力をさらに失う。だれもがそんなことはごめんだと思っていた。

俺は『王』がコアメダルを破壊できるグリードを誕生させようとしていることは伏せておいた。ほかのグリードたちが慎重になって今回の計画を降りることを懸念してのことだった。

もちろん俺と『王』の関係を勘ぐられるのもまずかった。

カザリにはとくに知られたくはなかった。

勘の良いカザリのことだ。『王』にそこまで聞かされているとわかれば機転を働かせるかもしれなかった。

それにひょっとしたらすでに勘づいている可能性だってあった。カザリからしてみれば、『王』は俺たちの襲撃を知っている。本気で俺たちを襲うつもりであれば城の中に入った時点で『王』がオーズとなって俺たちをひねりつぶせばいい。『王』も手強いとはいえ魔法生物で俺たちを止められるとは思わないだろう。

となれば、カザリが考える可能性は二つ。

計画が成功すると思った瞬間に『王』が俺たちの前に現れて絶望の底にたたき落とす。

もしくは、カザリ自身を『王』が裏切ったか。

カザリがどう考えるか、この状況でどう動こうとするか。俺はこの状況を自分にとって有効に使わなければならなかった。

戦いが終わり、魔法生物が倒された王の間は静まりかえっていた。

中央の玉座の横には小さなテーブルがあり、その上に意匠を凝らした箱が置かれていた。

コアメダルはその箱におさめられていた。

「その箱の中だ」

「俺に開けさせろ」

ウヴァが歩みでて宝箱に手をかける。

だが、結局その箱を手に取り俺にわたす。

「やっぱりおまえが開けろ。罠かもしれないしな」

「なんだ？　怖いのか？」

「違う！　ここまでこんなに簡単にこられたからには裏があるかもしれないと思ってな。たとえば、おまえが『王』と通じていたりな」

疑い深さが高じてじつに真をついた言葉だ。

「…………」

メズールもウヴァの言葉に口を挟まなかった。

「たとえば箱を開けたとたんに爆発したりとか」

カザリがウヴァをからかうように口を開く。

「みんな怖がってるみたいだね。だったら僕が開けてあげるよ」

「断る。俺が開ける」

俺はカザリの申し出を拒否した。

「いいよ。アンクにまかせる」

箱を開けると、その中にはコアメダルが納められていた。

「間違いない。俺たちのコアメダルだ」

かなりの枚数である。一見して俺たちから奪ったメダルがすべてあるように思えた。おそらくは、現時点で『王』がもっているメダルは、タカ・トラ・バッタを含めて、俺たちを誕生させる際に抜き取った十枚目のメダルだろう。

つまり、ここにあるコアメダルを吸収すれば全員が完全体になれることを意味していた。

「これで『王』を倒せる」

ウヴァがそう言った瞬間だった。

カザリが俺を狙って攻撃をしかける。たてがみを伸ばして俺の手の中にある箱を狙った。

だが、その攻撃は箱に届くことはなかった。

それを防いだのはメズールとガメルだった。メズールの攻撃は正確にカザリを捕らえた。そして、ガメルがありったけの力を使ってカザリを拘束する。

「私たちを出し抜こうなんておもしろいことをしてくれるじゃない」

「ズルしちゃだめ」

カザリは自分のふい打ちが失敗したことに目を白黒させた。

「これって僕が裏切るってばれてたってこと？　ひどいな。知ってて黙ってるなんて」

「何を言ってやがる。俺たちをハメようとした奴がなんてことを言いやがる」

「それもそうだね」

カザリはガメルの拘束から身をふりほどいて逃げようとした。

「ウヴァ！　受け取れ」

俺はウヴァに向かってコアメダルを勢いよく投げつけた。

正確に飛んだコアメダルはウヴァの体の中に次々に吸収されていった。次の瞬間、ウヴァの体は光を放った。

ウヴァの攻撃が逃げようとするカザリを捕らえる。完全体となったウヴァの力にカザリが吹き飛ばされる。

「てめぇみたいな奴はコアメダルを奪い取って悪さができないようにしねぇとな」

「やってごらんよ」

カザリがわざとウヴァを怒らせて隙を突こうとする。

「メズール！　ガメル！」

俺は続けざまにコアメダルを投げる。メズールとガメルの体にコアメダルが吸い込まれていく。

「ありがとう。アンク」

完全体となったメズールが水差しの中に入ったわずかな水を操る。水は鋭い槍《やり》に姿を変えてカザリを貫く。

「俺も！」

左手の大砲をカザリに向かって発射するガメル。弾丸が命中するたびにカザリの体からセルメダルがそぎ落とされていく。

勝敗の行方は明らかであった。完全体となったグリード三人に囲まれて逃げおおせることなどできない。

俺はカザリに歩み寄る。

足下に倒れたカザリを見下ろす。

「僕をどうするつもり？」

俺は右手で箱の中のコアメダルをつかんだ。

そのまま右手に吸収させる。右手が熱くなる。その熱は右手から胴体に、そして体の隅々まで広がっていく。

「これが完全体の力か……」

「どうだい？　完全体になった気分は」

「悪くはない」

「それはよかった」

カザリは自嘲ぎみに笑った。そして、俺以外のグリードに視線を向ける。

「みんなバカだよね」

「なんだとっ」

ウヴァが爪を振り上げる。

「君たちさ、アンクから僕が裏切るって聞いたんだろ？　それってどういうことだかわかる？　アンクは僕が裏切るってことを『王』から聞いたってことだよ。これがどういうことかどれだけ頭の悪い君たちでもわかるよね」

「どういうこと？　メズール」

「アンクは『王』にべったり。これはアンクのしかけた罠。最終的に私たちはアンクに手玉にとられる」

「わかってるのにどうして」

カザリは理解できないようだった。どうして『王』と通じている俺の計画にほかのグリードが賛同できるのか……。たしかに不合理なことだ。

「おまえの言うとおりだ。俺は『王』にグリードたちを裏切れと持ちかけられた。おまえが俺たちを売った直後だ」

「ずいぶん、『王』に気に入られているじゃないか？　よかったね。それでなんて答えたの？」

「これが答えだ」

俺は箱の中からカザリのコアメダルを取りだし、一枚ずつカザリに落としていった。

コアメダルが一枚また一枚とカザリの中に吸い込まれていく。

「なんのマネ？」

「俺は俺の欲望の求めるままに動く」

「『王』を裏切るのか？」

「俺は力が欲しい。そのために邪魔な存在を排除する。それだけだ……」

俺は、カザリの体に最後の一枚を投入する。

カザリの体の欠けたパーツが形作られる。その瞬間、カザリの体は光を放つ。

「ずいぶん、お人好しになったね。なんかあったの？」

頭にあの少女の顔が浮かぶ。失った物を求めるあまりにその欲望の重さにすべてを失ったあの哀れな少女の顔を。

（「人間に感化された」と言っても理解はできないだろうな）

俺はカザリの質問には答えずに視線をそらす。

「また僕が裏切ったらどうするの？」

「そのときは、四対一だ」

ウヴァがすかさず答えた。

「わかったよ。約束する。君たちと行動をともにするよ」

「裏切り者が偉そうに」

「やめなさい」

ウヴァが不満の声をあげる。

すべてを打ち明けたとき、ウヴァだけはカザリに対して激怒し、四人でカザリを襲うことを提案した。メズールが冷静にウヴァを諫《いさ》めなければそうなっていたかもしれない。五人の力を集めなければ『王』には対抗できない。もちろんウヴァもそう考えていた。だから、あっけなく引き下がった。

「それでどうするの？」

カザリがこれからの行動を俺に問いかける。

グリードたちは俺に視線を送る。

「奇襲をかける。今すぐだ」

隣国を攻め落とすため『王』は国境にある教会にいた。

「完全体となった俺たちなら夜が明けるまでにたどり着けるはずだ。夜のうちに決着をつける」

俺たちは自由を手に入れるために行動を開始した。

9

古びた教会であった。

もはや大陸でいちばんの大国となった国の王が夜を明かすにはあまりに粗末な場所であった。『王』が率いる大軍は離れた場所を野営地としていた。だから、教会にいるのは『王』一人であった。

家来の中にそれを心配する者はいなかった。

この世に『王』を抹殺できるほどの力を持つ者などいないのだから。

『王』は神という存在に興味を持っていた。古今東西の神について研究を重ね、膨大な知識をもっていた。そのせいで遠征先ではその土地の教会や神事にまつわる場所を好んで野営地に選んだ。

自身の存在を神の位まで上げたいのだろう。俺はそう考えていた。

支配を広げ、力を持った為政者たちは神になろうとする。どの国でもそういうものだ。だが、『王』は愚直なまでに神としてふさわしい力を手に入れることに固執した。それがオーズの力だった。

俺たちは、その神にも等しい力に戦いを挑もうとしているのだ。

中に入ると教会は静まりかえっていた。外観に比べて内部は手入れが行き届いているようだった。おそらくはかなり古くに作られた建物のように思えた。

月光が意匠を凝らしたステンドグラスを通って教会の中を照らす。

そして、正面の十字架の前に一人の人間が現れた。

『王』であった。

王は神父の格好をして傍らに聖書を抱えていた。

愉快そうな笑みを浮かべながらゆっくりと歩み寄る。

「迷える哀れな子羊たちよ。こんな夜更けに教会になんの用かな？　悩みがあるなら打ち明けたまえ。君たちの懺悔《ざんげ》を聞こう」

「いくぞ」

俺の言葉にグリードたちは、はじけるように動きだした。

「アンク君。それが君の答えか？」

『王』は芝居がかった言い回しでおもしろそうに俺に問いかける。

俺はその言葉を無視する。

全員がフルパワーを『王』にぶつける。『王』は人間とは思えぬ高さまでジャンプしてその攻撃を避けた。それは俺たちにとって計算済みのことだった。

俺たちの作戦は、まずは『王』からヤミーを作りだして戦力を増やすことにあった。そのためにまずは『王』を足止めする必要があった。

足止めは意外にも簡単に成功した。『王』の着地を狙って、ガメルが床に拳を叩きつけたのだ。着地地点である床は割れて、『王』はバランスを崩して膝をつく。

俺は間髪入れずに火炎を放射する。

さすがの『王』もその攻撃にひるまずにはいられなかった。

「今だ。メダルを入れろ」

その瞬間にウヴァとカザリとメズールは『王』に詰め寄る。そして、それぞれが『王』に向かって手をかざす。『王』の額に現れるメダルの挿入口。

三人はその中にセルメダルを投げ入れた。

「その欲望を解放しろ」

三人は同時にその言葉を発した。

その瞬間、『王』からそれぞれのヤミーが生まれた。

ヤミーの成長過程は、生みだすグリードによって異なる。

ウヴァが作りだすヤミーは、宿主の体から白ヤミーと呼ばれる状態で出現し、宿主の欲望を満たし続けることでヤミーへと進化する。

メズールのヤミーは、卵から生まれる。若干成長には時間がかかるが、大量のヤミーを誕生させることができる。

カザリのヤミーは、白ヤミーに成ることなく人間に寄生する。そして、一定量の欲望が満たされれば、宿主を体内に取り込み一体化した状態で誕生する。じつのところ、『王』を押さえ込むのにはいちばん手っ取り早いヤミーであった。ヤミーの体内に取り込まれてしまえばその自由は奪われる。『王』を抹殺するにはうってつけであった。

ただし、どのヤミーも成体となり戦力になるまでは時間が必要であった。宿主の欲望を満たさなければならなかった。

俺はそのために大量のセルメダルを用意しなければならなかった。

そして今、俺は用意したセルメダルを『王』に大量に吸収させた。

「なるほど。私からヤミーを……。考えましたね。それにしてもセルメダルを大量にわたすなどと。ずいぶんと気前がいいのだな」

俺たちはセルメダルを大量に吸収させた。その結果、ヤミーが生まれるまでにさほど時間はかからなかった。

ゴキブリヤミーが生まれた。ウヴァが作りだしたヤミーだ。

「ゴキブリか……。奴にぴったりだな」

クジラヤミーが生まれた。メズールが作りだしたヤミーだ。

「ガメルが作ったみたいなヤミーね」

ライオンヤミーが生まれた。カザリが作りだしたヤミーだ。

「百獣の王とはね。ヤミーになっても王でいたいなんて、さすがだね」

カザリのヤミーが『王』を押さえきれれば話は早かった。だが、そう簡単にいくとも考えてはいなかった。

あっという間に『王』はライオンヤミーの中から飛びだしてきた。

「この中にいてはおもしろくない。せっかく君たちが私のためにパーティを開いてくれるというのだから」

「やっぱりだめか……。ねえ。アンクはなんでヤミーを作らないの?」

「切り札を最初にきったらいざというときに困るだろ」

「切り札ね。すごい切り札だといいんだが」

そう言うと『王』はコアメダルを取りだしてベルトに差し込んだ。

「変身っ!」

『王』はオーズに変身した。

「グリードの諸君。さあ、すべてを賭けて戦おうじゃないか。もちろん私が負ければすべてを差しだすつもりだよ。もちろん君たちが欲しいのは私の命かもしれないがね」

激しい戦闘がはじまった。

『王』から生まれたヤミーは底抜けの強さだった。完全体のグリードにもひけをとらない強さだった。

完全体のグリードが五体、そして、最強のヤミー。

オーズを倒せるとすればこの布陣を措《お》いてほかになかった。

俺たちがオーズを攻撃するたびにオーズの体からはセルメダルが飛び散っていった。そして、床がセルメダルで埋め尽くされるころ。

オーズの動きは鈍り、こちらの攻撃のほとんどを避けられなくなっていた。

ここにいる四人は自分たちの勝利を確信していただろう。

四人。そう、俺以外のグリードは……。

「どうだ？　地面に這《は》いつくばる気分は？」

「ウヴァ君。そして、グリードの諸君。君たちの勇気と決断を祝福する」

「負け惜しみを言いやがって」

「私の言葉が負け惜しみだと思うかね？」

「これがそれ以外の状況に思えるとは、おめでたい奴だな」

「そうだ。じつにめでたい。今日は新しい私が誕生する日なのだからね」

そう言うとオーズは不気味に笑い声をあげて立ちあがった。

おそらく四人はその姿に本能的な恐怖を感じたはずだ。四人の動きは速かった。命の危機に瀕《ひん》した野生の動物のごとき速さで、同時に止めの一撃を放とうとした。

「アンク君、メダルを」

オーズが、ぼそりとつぶやいた。

俺はオーズに向かってメダルを投げる。クジャクとコンドル。コアメダルは抜群のコントロールでベルトに吸い込まれていく。

『タカ！　クジャク！　コンドル！　タージャードルー！』

四人の攻撃の着弾と同時にオーズの体が炎に包まれる。四人の渾身の攻撃は炎によってかき消された。

『ギガスキャン』

そして、次の瞬間、炎の弾丸がそれぞれを襲う。

ふいを突かれた四人とヤミーたちはいとも簡単に地面に転がった。

炎が静まるとそこにはオーズ・タジャドルコンボが立っていた。

「アンク君、助かったよ。前々から思っていたが、君のコアメダルのコンボは私にフィットするようだ。これからも頻繁に使わせてもらうよ」

オーズは俺の名前を親しげに呼ぶ。悪寒が走ったが適当に受け流すことにした。

「ちっ。さっさとかたづけろ」

俺はオーズの傍らに歩み寄り、グリードたちに体を向ける。

「アンク、あんた」

メズールが憎々しげな声で俺の名前を呼ぶ。

「悪いな。はじめから、そのつもりだった」

俺は人間から学んだことがある。目の前の『王』やあの少女をとりまく人間たちから。

人間は己の欲望を叶えるためなら後先を考えることはない。俺は今までそれが恥ずべきことであると考えていた。欲望の化身でありながら、欲にまみれて生きることに抵抗を感じていたのだ。

それは、俺がかつて夢の中でたくさんの鳥たちを率いていた王としてのプライドだった。

手に入れたい物があればなんだって迷わずに手に入れる。

そうでなければあの少女のように哀れに欲望の餌食になるだけだ。

俺は俺の欲望を満たすためにプライドを捨てる。

そして、なんとしてでもあの夢の中の風景をもう一度……。

「アンクッ！」

激昂したウヴァが俺に襲いかかる。

「なんとかしろ！　俺はおまえにメダルをわたしてるから完全体じゃないんだ！」

「いいだろう」

オーズはそう言うと先ほどとは見違える動きでウヴァを襲った。奴が言うとおり、本当に別れを惜しんで戦っていたのだろう。心の底から、自分が作らせた欲望の化身との別れを。

オーズは、目にもとまらぬ速さでウヴァの前に立ちはだかる。そして、ウヴァの胸に腕を突き立てる。

「うわぁっ！」

「メダルを借りるぞ」

「やめ、やめろっ」

ウヴァの体の中から三枚のコアメダルを抜き取る。

そして、ベルトに挿入する。

『クワガタ！　カマキリ！　バッタ！　ガータガタガタキリバッ、ガタキリバッ！』

オーズ・ガタキリバコンボにコンボチェンジしたオーズは、無数に分身をした。一瞬でグリードたちの数的優位は崩れる。

まずはグリードを守って戦っていたヤミーが犠牲になった。そして、グリードたちもセルメダルを次々と引きはがされていく。いくらコアメダルが九枚そろっていたとしてもその肉体を形成するセルメダルをどんどん引きはがされては戦うことはできなかった。

さらに、オーズは引きはがされたセルメダルやグリードたちの攻撃によってこぼれ落ちたセルメダルをどんどん回収していった。

形勢はあっという間に逆転した。

グリードたちは逃げることもかなわず、地に伏していた。

オーズは、ベルトのコアメダルを引き抜いた。分身していた肉体はひとつに統合され、タトバコンボにその姿を変える。

「勝負はついたようだね。君たちの欲望を満たすことができなくてじつに残念だよ」

そう言うと、手の中のウヴァのコアメダルをカチャリと鳴らした。

「残念だが、君たちにはコアメダルをすべて差しだしてもらうよ」

「だれがあんたなんかに……」

メズールが必死に起き上がろうとしながら声を絞りだす。

オーズはそんなメズールに向かって手を突きだす。

「私はこのときを待っていたのだ。君たちは私に勝てると思ったはずだ。それが一転このような危機的状況に陥っている。君たちは私に敗れ、今まさにコアメダルを奪われる恐怖と戦っている。欲望の力が最大限に膨らんでいるはずだ。私はそんな状態のコアメダルを手に入れたかったのだよ。だから、アンク君に手伝ってもらったのだ」

「御託《ごたく》は結構だ。さっさとしろ」

まわりくどいオーズの言葉に虫酸が走った。

「さあ！　コアメダルよ。我が手に！」

オーズがそう宣言するとグリードの体からコアメダルが勢いよく宙に飛びだした。そして、オーズのもとへ集まり、体の周りをぐるぐると回りだす。

タカ・クジャク・コンドル・ライオン・トラ・チーター・クワガタ・カマキリ・バッタ・シャチ・ウナギ・タコ・サイ・ゴリラ・ゾウ……。

まだ、グリードたちが動けているのを見るとまだ最低一枚ずつはコアメダルが残っているのだろうか？

「君たちも新たな私の誕生を祝ってくれたまえ。この力を使って私は新世界の王、いや、神となるのだ」

オーズの言葉を聞いて俺の頭の中にひとつの疑問が浮かぶ。

それほど大きな力をはたして制御することができるのだろうか？

そんな心配をしても仕方がない。むしろ、制御ができなくなって暴走してしまえばこっちのものだ。今度は、俺がコアメダルのすべてを手に入れる。暴走しないように慎重に行動すれば良い。そうすればきっと……。

「そうだ。忘れていたよ」

「なんだ？」

「君にお礼をしないといけないな」

「だったら、はやく俺のコアメダルを返せ。それが俺の報酬のはずだ」

「残念だが、それはできない」

次の瞬間。オーズの右腕が俺の腹を貫通していた。

「そうだ。いいことを思いついたよ。アンク君。君は私の一部となって世界を見続けるといい……」

これで三度目だ。この男に体の中に腕を入れられるのは。

自分の愚かさを呪った。

どうして自分だけが裏切られないと思えるのだろうか。

きっとオーズが俺を選んだのはカザリより手玉に取りやすいと、そう考えたからだろう。

（ふざけやがって……）

俺はほかのグリードたちと同じように地に伏した。

オーズに視線を送ると、右腕についている爪の間に俺のコアメダルが挟まっていた。

（意識が保てているということは一枚まだ俺の中にあるということか）

俺のコアメダルもほかのメダルと同じように浮遊してオーズの周りを回りだす。

「これで全部だ。グリードたちよ。見ているがいい。これから私はだれも手に入れたことのない力を手に入れる」

オーズは右腰のオースキャナーを外し、構える。そして、空中のコアメダルに向かって勢いよく振り下ろした。

『タカ！　クジャク！　コンドル！　ライオン！　トラ！　チーター！　クワガタ！　カマキリ！　バッタ！　シャチ！　ウナギ！　タコ！　サイ！　ゴリラ！　ゾウ！』

オーズスキャナーから加工された張りのある声が聞こえた。スキャンされたコアメダルは、光のメダルとなってオーズの胸にあるオーラングサークルに向かって吸い込まれていく。

オーズはコアメダルが吸い込まれるにつれてさらにまばゆい光を発した。

「おおおお！　力が！　力が満ちあふれていく！」

オーズは驚喜していた。

「もっと！　もっとだ！　もっと力を！」

オーズはすべてのコアメダルを吸収しようとした。動けなくなったグリードたちがオーズに吸い寄せられる。

カザリ・ウヴァ・メズール・ガメル……。オーズに触れたとたんにコアメダルとセルメダルに分解された。

最後の言葉をあげる暇もなく、哀れにも……。

俺はオーズに引き寄せられないように必死に地面にしがみついた。だが、俺を引き寄せるすさまじい力に耐えることができそうになかった。

観念しようとした瞬間だった。

オーズに異変が生じた。

「おお！　お……お……う」

体から放たれた光は明滅し、歓喜の声はうめき声に変わっていった。

（暴走だ）

「うう……うう……うわあああ！」

オーズはあまりに大きすぎる力を制御できなかった。オーズの体から大量のセルメダルが吹きだす。

「……私にこの力を制御できないはずがない。私は、新世界の王となる男だ！　……私はすべてを手に入れるはずなんだ！」

それがオーズの最後の言葉だった。正確に言えばそのあとは言葉にならないうめき声をあげていた。

自分の体が徐々に石となっていく恐怖。そんな恐怖が言葉にもならない悲鳴をあげさせた。

やがて、オーズの体は完全に石になって砕け散った。

力を求めて、力に飲み込まれた男の最後だった。

（案外、あっけないものだな）

自分が夢の中で翼をもがれ地面に落下していくときのことを思いだした。そのときがくるまではそんなときがやってくるとはまったく思っていなかった。ある日、突然やってきてすべてを自分から奪い取る。夢の終わりというものはそんなものなのかもしれない。

だが、まだ俺は失うわけにはいかなかった。

目の前には俺のコアメダルがまだ光を放ち続けている。

俺はコアメダルに手を伸ばした。だが、体は思うようには動かなかった。必死になんとしてでもコアメダルを手に入れてもう一度大空を羽ばたきたいと思った。

(俺は絶対につかんでみせる。この手で)

気がつくと俺は右手になっていた。自由に動くことができる右手となって体から切り離された。

(これならコアメダルをつかむことができる)

俺はコアメダルが放つ光の中に飛び込んだ。そして、必死に何枚かのメダルを握りしめた。

(これは俺のものだ！)

その瞬間、暴走したコアメダルが爆発的なエネルギーを発した。

そして、俺の意識は霧散した……。

10

意識が消える前、少女の顔が目の前に浮かんだ。

俺は少女とともに森の中にいた。

信じられないくらい鮮やかな色が俺の目に飛び込んでくる。新緑がまばゆいばかりの光に照らされていた。信じられないほどの美しさだった。

「トリさん。お散歩に連れてって」

少女が俺に声をかける。心地よい声だった。少女に視線を移して俺は驚く。少女の目がしっかりと開いていたのだ。

それは、とてもきれいな瞳だった。

俺はこの瞳にこの世のあらゆる美しいものを見せたいと感じた。

「行こう」

俺は右手で少女の手を握った。

初めて味わう柔らかな感触だった。そして、温かさを感じた。それは命の温かさに違いないと思った。手を握るというのも悪くない。そう思った。

「俺は命が欲しいのかもしれない……」

ただのメダルの塊が命を夢見るなど滑稽な話だ。だけど、それが手に入るとしたらどんなものを犠牲にしてもいい。たとえ死というものがその代償に与えられたとしても。

そのとき、俺は巨大な鳥に戻っていた。

俺は少女を背中に乗せて力強く羽ばたいた。少女に空の上からこの世の美しいものを見せてやるために。

「どこに行くの？」

「どこまでも、どこまでも。遠くに行こう。君を傷つける者がいない場所に。そこで美しいものに囲まれて暮らそう。たくさんの命に囲まれて。いつまでも、いつまでも、いっしょに暮らすんだ」

「やっぱりトリさんは、幸せを運んでくれるんだね」

「ふん。赤いトリだけどな」

…………。

……ア……ン……

……ンク……

……アンク……

アンク！

俺は人間の声で目を覚ました。

「アンク！　たいへんだ。ヤミーが現れた！」

人間は大声でまくし立てる。

寝起きで俺はきわめて不機嫌だった。すぐにでもこの男を絞め殺したい気分になった。

「ふん。まだ。大して成長していない。もう少し待つぞ。そうすればセルメダルが……」

「そんなこと言ってる場合じゃないだろ！　行くぞ！　アンク」

人間は俺の右手を握って連れていこうとした。

「離せ！」

俺は人間の手を勢いよく振り払った。

「ごめんよ。とにかくはやく行こう。絶対に助けるぞ」

人間はそう言うと部屋を飛びだしていった。

(仕方がない。いくか……)

俺は窓を開けて、窓枠に足をかけた。俺の視界には窓の外の風景が飛び込んでくる。八百年前と世界の様子はすっかり変わってしまった。だが、人間の中身は何も変わってない。

相変わらず人間は愚かで欲深い。

だが、今のオーズに出会ってから、少しだけうらやましく思うようになった。

映司《えいじ》につかまれた手に視線を移す。俺はグリードだから体温も触感も感じない。だが、感じるようになれればいいなとは思うことはある。

あの夢の中のように。

「俺は俺の欲しい物を手に入れる。必ず」

俺は、右手を握りしめて窓の外に飛びだした。

バースの章

[序]

いいかい？　後藤《ごとう》ちゃん。
「八百万《やおよろず》の神」ってのを、知ってるか？
日本では古来、万物には神が宿ると信じられてきたんだ。
この世界のありとあらゆるものには魂が宿ってる。
木にも、草にも、そのあたりに転がる石ころにも。
もちろんおまえが腰に巻いてるベルトにも……。魂はあるんだ。

［壱］

相棒との別れはいつだってつらいものだ。
それが最高の相棒となればなおさらだ。自分の体の半身、いやそれ以上を失った……。
そんな気分だ。
人間であれば酒と女が俺の渇きを癒やしてくれるだろう。
だが、俺にそれはできない。
なぜなら〝俺は人間ではない〟からだ。
じゃあなんだって？
グリード？　あんな欲望の塊といっしょにするな。
ヤミー？　おいおい。待ってくれよ。さらに格落ちしちまったぞ。
わからないのか？　いいだろう。教えてやる。
俺は変身ベルト。そう俺の名前は……。

〝バースドライバー〟

俺は誕生を司るライダー、装着者を仮面ライダーバースに変身させるためのコアアイテムだ。

イカス名前だとは思わないか？　俺はこの名前をけっこう気に入っている。名付けの親は鴻上《こうがみ》ファウンデーションのボス、鴻上光生《こうせい》だ。

俺は鴻上光生が運営する鴻上生体研究所の研究チームによって開発された。

開発責任者は天才科学者としての名をほしいままにするDr.真木《まき》。

俺はセルメダルを中心としたライダーシステムの構築という鴻上の悲願の具現化とも言える存在だった。

長きにわたる研究開発の結果、俺は誕生する。

俺の誕生に関して大先輩の功績を忘れちゃいけない。

〝プロトタイプ・バースドライバー〟

けっして日の目を見ることのない仕事を黙々とこなした大先輩だ。

開発におけるデータ取りやさまざまなテストに文句を言うことなくタフにこなしていった。そして、自らは表舞台に立つことなく、後進の俺にその道を明けわたした。

そう考えると俺は多少の困難にも愚痴なんて言ってはいられない。

与えられた任務を相棒といっしょに完璧にコンプリートする。それが俺の仕事だ。

俺は相棒が〝あいつ〟でよかったと思っている。

よかった。と、言うのはただの道具としては思い上がった発言かもしれない。だけど、あえてそう言わせて欲しい。

多くの場合、道具に使い手を選ぶ権利はない。

道具は店に並べられ、大衆の視線を浴びる。その中からたまたま買った人間が相棒となるのだ。

人間が道具を選ぶとき、大きく二つの人種に分かれると思っている。

「てきとーに前から順番に買う者」

「まるで自分の配偶者を選ぶようにフィーリングや肌触りを確かめる者」

人間にとってはどうでもいいことに思えるかもしれないが、これは俺たち道具にとっては大問題だ。

俺たち道具は、だれに使われるかによってその価値が決まる。その運命にはどうやってもあらがいきれない。

たとえば日本刀などがその良い例だ。

実際問題として道具としての刀に善し悪しはない。もちろん最低ランクのナマクラは論外だが、ある一定レベルを超えるとその差は恐ろしくわずかなものだ。

腕のある侍の所有物となった刀は多くの人間を斬る。腕のない侍の所有物となった刀はさにあらず。

俺たち道具はだれもができるだけ優れた人間に使われたいと思っているのだ。

そういう観点で考えるとあいつは理想的な人間だ。

俺はいつだってあいつの腰に巻かれていることが誇りだった。突破不可能の困難な状況をともに乗り越えるたびに道具としての喜びを感じることができた。

間違いなく最高の相棒だと思っていた。

大胆不敵にして繊細。

自分の信念に揺るぎのない自信を持ち、厳しい状況の中でもユーモアを忘れない。

人間であろうと道具であろうと、ひとときでもともに過ごせばすぐに惚れ込むような好人物であった。

その男の名は〝伊達《だて》明《あきら》〟。

往々にして最高の相棒との出会いというものは最悪なものであると相場が決まっている。

俺のあいつの印象は最悪だった。真木博士《おとうさん》から俺を受け取るや否や乱暴に、こともあろうか……。

「うおお。カッコイイじゃねえか。こいつを腰に巻いて変身っ！　ってやるんだな。いけてるねえ。よろしく頼むぜ。相棒。チュッ！」

ひどいだろ？　いきなりキスをしやがったんだぜ。鴻上社長の秘書を務める里中《さとなか》ならともかく！　むさ苦しい髭《ひげ》の男がだ！

俺のテンションは、だだ下がりだ。その時点でやる気をなくした。

しかも、それだけに飽き足らず真木博士《おとうさん》からわたされた取扱説明書をロクに目を通さず投げ捨てた。

「俺、マニュアル読むの嫌いだし」

道具というのは使用方法を守らなければいけない。そんなことは小学生でも知っている。そして、それを守るために大切なのが取扱説明書だ。

それは道具を扱うときの聖書《バイブル》といってもいい存在。あいつはそんな大切なものをないがしろにしたのだ。

真木博士《おとうさん》は取扱説明書を少しでも読むように促して、無理矢理セルメダル用のタンクに入れてくれた。

「わかった。暇なときに読むよ。そんなことよりさっそく稼ぎたいんだけど」

俺はその言葉にもカチンときた。

（訓練もなしで俺を使いこなすつもりか？　正気の沙汰じゃない！　できるものならやってみろっ！）

真木博士《おとうさん》もあきれ果てていたことだろう。

実戦で失敗して痛い目にあって後悔するがいい。あのとき、俺は本気でそんなことを考えた。

俺たちに出動の依頼があったのはその直後のことだった。

初めての出動に胸をときめかせた。

俺には野望があったのだ。それは俺の性能を見せつけること。

中でもオーズより優れていることを証明することが俺にとって大切なミッションであった。

俺は自分がオーズドライバーに劣っているとは思われたくなかった。

冷静に考えれば当たり前だ。向こうは八百年も前に開発されたシステムだ。比べて俺は現在の科学の叡智《えいち》を詰め込んで作られている。負けるはずがない。そう考えていたし、実戦でそれを証明しなければならなかった。

装着者である相棒は頼りない男だけど、俺の性能は装着者のマイナスを補ってあまりあるものだと思っていた。

俺はすぐさま相棒とともに現場に急行した。

すでにオーズは敵と交戦していた。敵はコアメダルとセルメダルを大量に吸収して暴走したグリードだった。

俺はあまりに巨大な姿に言葉を失う。いや、もともと、言葉を発する機能はないのだが、その言い回し以上にそのときの状況を表現する言葉が見当たらない。

敵は象とも亀ともタコともつかない姿をしていた。そして、空中に浮遊していた。その素体となったメズールとガメル、二人のグリードの意思もそこにはもうない。ただもてあましたエネルギーを吐きだすだけの存在だった。

そんな暴走グリードに対してオーズは苦戦していた。

〝やはり、八百年前のシステムではそんな程度か……〟とは、まったく思えなかった。それどころか、俺はオーズが戦う姿を見て、オーズドライバーより自分が優れていると感じていた自分を恥じた。

目の前の戦闘に俺のうぬぼれはあっという間に吹き飛んだのだ。

率直に〝オーズ、すげぇー！〟とか、〝グリード、やべぇー！〟〝俺ちょっとこの中に飛びこめねぇ〟としか思えなかったのだ。

俺はそこであるひとつの決定的な事実に打ちのめされる。それはオーズもグリードもセルメダルではなくコアメダルをその力の核にしていることだった。

〝こっ、これがコアメダルの力か……〟

俺は絶望した。

人間には生まれの違いというものがあるらしい。

裕福な家庭で育った人間はレベルの高い教育を受けて、良い大学に入り、いい企業に就職して、幸せな人生を送る。

反面、貧乏な家庭で育った人間は自分の身の程を知りながら、それ相応の人生を送る。むろん、反骨心をバネに自分の生まれた境遇を跳ね返す人間もいるらしいが、目の前の現実はそれがそんな簡単なものではないということを教えてくれた。

コアメダルとセルメダルでは、天と地ほどの差がある。セレブと庶民、それほどの差がある。そして、それをエネルギーとして使うベルトにもダイレクトに影響するのだ。

〝俺はどうして貧乏な家に生まれたんだっ〟そう叫びたい気持ち（叫べないが）を俺はぐっとこらえた。

初めての実戦にして圧倒的な挫折を、立ち直れないほどの絶望を俺は感じた。

俺はその場を逃げだしたくて仕方なかった。

戦いたくないのもあった。だが、それ以上にさっきまで相棒に対して〝痛い目に遭えばいい〟などと不遜なことを考えていたことが恥ずかしくてしょうがなかったのだ。

俺は相棒に向かって（心の中で）叫んだ。

〝笑え！　笑うがいい。セルメダルしか使えないこの俺を！〟

そんな風に自暴自棄になっていた俺を救ったのが相棒だった。

「さてと。いっちょ稼ぎますか」

俺は正気の沙汰ではないと思った。この男には目がついていないのではないのかと。目の前の化け物の姿が見えないのではないかと……。

あとで知ったことだが、相棒は各国の戦場をわたり歩いて医師をしていたらしい。相棒はつねに危険な場所に身を置いていたのだ。だからこその判断だったのだろう。その声に得体《えたい》の知れない安心感を覚え、この男のために覚悟を決めなければならないと悟った。

俺はありったけの勇気を振り絞って覚悟を決めた。

その瞬間、相棒は力強く宣言した。

「変身！」

相棒はセルメダルを取りだし俺の挿入口にメダルを乱暴に投げ入れた。俺の気持ちがぐんっと高まる。俺は右側のダイヤルが回されるときを待った。それが変身の合図だ。相棒の右手がダイヤルにかかる。勢いよく回されるダイヤル。

俺の中に力がみなぎる。それを相棒にわたす準備が整った。

〝今こそ変身のとき！！！　受け取れ俺のパワー！　おまえは今から仮面ライダーバースだ！〟

俺はそう叫んだ（心の中で）。

これが俺たちの仮面ライダーバース誕生の瞬間だった。

そこからは夢のような時間だった。

悠然と怪物に歩み寄る相棒。

無駄のない手つきでバースバスターにセルメダルを装填《そうてん》する。そして、暴走グリードに向かって正確に発射する。

ひるんだ暴走グリードは、オーズを離す。

もちろんオーズとその傍らにいるアンクは俺の存在を知らない。突然の助太刀に目を白黒させる二人。気分の良い光景だった。

俺はしばしの間優越感にひたった。

だが、相棒はすぐさま次の行動に移った。

俺は反省する。そうだ今は戦いのさなかだ。油断は大敵なんだ。

相棒は俺に最強の武器を要求した。

〝そうだその判断が正しい。戦いはできるだけはやく最大戦力を投入して、できるだけ早期解決を目指す。それが戦いのセオリーだ〟

『ブレストキャノン！』

俺は力一杯叫ぶ（これは発声機能がある）。できるだけ低い声で発声することが大事だ。なぜかって？　だって高い金切り声がベルトから聞こえたらどう思う？　じつに弱そうだ。嘘だと思うなら今度録音して高速で回転させてみるといい。体から力が抜ける。

話を戻そう。

こいつはセルメダルを大量に消費するがバースの最大の兵器だった。セルメダルのエネルギーを大量にチャージして一気に放出する。こいつを食らえば目の前の暴走グリードもひとたまりもない。

『セルバースト！』

俺はまた叫ぶ！　ここではあまりテンションが上がりすぎないように努力することが大切だ。（開発段階ではテンションが上がりすぎてうまく言えずに噛《か》んだりすることがあった）

もちろんその目論みは大成功だった。その攻撃は、暴走グリードに命中し、コアメダルを二枚引きはがすのに成功した。

そのコアメダルを拾ったオーズはコンボチェンジをして暴走グリードの始末に成功をおさめるのだった。

俺は相棒のことが一発で好きになった。こいつにならすべてを預けていいと。

だから、俺は相棒とともに必死に戦った。相棒が死の危険を孕《はら》んだまま戦っていると知ったときからは、絶対に相棒を死なすまいと誓った。

だから、相棒が目的を果たして、自分の体を治すために旅だつことは祝福すべきことなのだ。

だけど、俺には不満があった。

それに俺の次の装着者のことだった。

［弐］

後藤慎太郎《しんたろう》、それが俺の新しい装着者の名前だ。

後藤はもともとライドベンダー隊の隊長だった。正義感の強い理想主義者。実際のところ正義感が強いと言えば聞こえがいいが、現実を知らない甘ちゃんだ。

一時期は俺の最初の相棒の候補だったこともある。現に相棒（俺はまだ後藤を相棒と認めてはいない。俺の相棒はまだ伊達さんだと思っている！）より先に俺を装着して戦ったことがあった。

そのときはなんともそつのない戦いぶりだったが、俺を装着するときの奴の独り言を俺は忘れない。

「これで世界の平和が守れる（×10）」

十回もだ。正直、不気味だったね。

そのときは、こいつが俺の相棒に選ばれたらどうしようって本気で心配したものだ。

鴻上さんが人を見る目がある人間で本当によかったと思う。その戦いぶりや、日頃の行動を見て不適格だと判断するや否や、海外で相棒（くどいけど俺の相棒は伊達さんだ）をスカウトしてきてくれた。

心の底から助かったって思ったね。

そうこうして俺の装着者は相棒に決まったわけだけど。俺が相棒と組んで戦うようになってから、後藤は俺たちに付きまとうようになった。

正直、ウザかったね。

だって、俺と相棒の大切な時間に割り込もうとするんだぜ。はじまったばっかりの俺たちの関係に。

ぶっちゃけ、ストーカーかと思ったよ。

電柱の陰から俺たちをじっと覗いてる。当然、丸見えだ。

あれで隠れてるって思える神経がわからない。

相棒も後藤が見ているのにすぐに気がついたけど、ずっと気づかないふりをしてた。武士の情けってやつかな。

でも、あんまりしつこいんで相棒もさすがに声を掛けた。

「さて、そろそろなんの用か聞きたいな。お兄さん」

「自分はライドベンダー隊第一小隊隊長の後藤慎太郎です」

相棒は、セルメダルを回収しに来た担当者だと思い込んだみたいだった。あたふたとまだ集まっていないことを告げる相棒に後藤は言った。

「違います。自分はただバースの装着者がどんな人間なのかと……」

後藤はうつむきかげんで言った。

さすがの相棒もその質問に困ったみたいだった。

「いっ、いやあ。どういう人間って……こういう人間です」

照れ笑いを浮かべながら相棒は答えた。俺は相棒のこういうところが好きだ。なんとも屈託のない笑顔でどんな人間にも真正面からぶつかる。俺はこういう人間こそ強い力を手に入れるのにふさわしいと思う。

「すいませんでした」

後藤はそう言うとそそくさと去っていった。

いったい何をしにやってきたんだ。俺は後藤のことを鼻で笑ったが相棒は意外な反応をした。

「まだ日本にも残ってたんだな。純粋な若者」

〝えっ。ちょっと待って。気に入ったの？　あんな奴を〟

相棒は後藤のことを悪くは思っていないようだった。それどころかどうやら気に入ったらしい……。

直感が俺につぶやく。

〝いずれ後藤が俺と伊達さんの仲を引き裂く日がやってくる〟と。

うそだっ。やめてくれ……。そんなバカな……。俺の相棒は伊達さんんだ。

俺の予感はすぐに現実へと向かって動きだした。

あるとき、相棒と俺は、自暴自棄になってクスクシエでバイトをしている後藤に出会った。そして、相棒はうじうじと煮えきらない後藤をビルの屋上に連れだした。

「こいつがバースのメイン武器。使い勝手はいいけど反動は半端ない。やってみろ」

相棒はバースバスターを後藤にわたしてそう言った。

〝そんなことしなくてもいいよ。どうせダメな奴なんだから〟

俺はもちろんそう思った。だけど、意外なことに後藤もそれを拒否した。

「いえ。バースになるチャンスを蹴ったのは自分です。世界を守りたいなんて言っておきながら、その手段を得るために頭ひとつ下げられなかった……」

〝そのとおりだ〟

俺は当然そう思うよ。おまえが俺の相棒になるなんてこっちから願い下げだ。

「いいから。撃ってみ」

後藤は相棒に促されてバースバスターを構えた。俺はちょっと意地悪をしてやろうと思った。バースバスターに頼み込んで出力を最大にしたんだ。

当然、後藤はふっとんだ。どうやったら人間がそんなに飛ぶんだってぐらいに。

いい気味だったね。

俺はこれで後藤はあきらめるだろうと思った。自分はバースには成れないって。そのまま泣いて逃げるように去っていくことを期待していた。

だけど、後藤に対して相棒は言った。

「わかったろ。こいつ使うには今までの鍛え方じゃだめなのよ。今のあんたじゃバースになりたくてもなれない」

そんなこと言わなくてもわかりきったことなのに……。どうしてそんなことを？

「俺が一億稼ぐまでにバースバスターを使えるようになっておいて。俺がいつでもやめられるように」

〝えええ！〟

相棒がやめるのは仕方がない。それは理解できた。俺は相棒に死んで欲しいわけじゃなかったから。

相棒の頭の中には弾丸が入っていた。かつて戦場で受けた流れ弾だ。

今、生きていることが奇跡とも言える状態で、早急に手術を受けなければ助からないと言われていた。だが、その手術は闇医者に頼る以外はなく、そのためには一億円という大金が必要だったのだ。

相棒は手術をするためにいつか日本を離れなければならない。そのためにも後任の装着者を育てなければいけない。そこまではわかる。

でも、でも。

どうしてその人間が後藤である必要があるんだ……。

反対だった。

俺は相棒に徹底的に抗議の声を張り上げた（心の中で）。だが、その声は相棒には届かなかった（心の中で言ってるから）。俺は自分の声が届かないことに苛立った。

そうだ。いっそのこと……。

『ブレストキャノン！　セルバースト！　ブレストキャノン！　セルバースト！』

そうやって連呼してやろうかとも考えた。

（もちろん。俺はすんでのところでその試みをやめた。だって、そんなことしたら壊れたと思われて研究所送りになるのが目に見えていたのだから。……危なかった）

俺は相棒の決断をしぶしぶ受け入れるしかなかった。

それから、相棒は後藤の面倒を見るようになった。トレーニングにつきあい、戦闘をともにする。後藤は日に日に成長していった。

男子、三日会わずば刮目《かつもく》して見よ。古い中国の言葉だ。優秀な人間であれば三日で見違えるほど変わる。後藤は、まさにそんな成長を遂げていった。

（もちろんそんなことは認めたくないっ）

そんな後藤を俺が苦々しく思っていたのは言うまでもない。

俺は周囲から後藤が俺の相棒の相棒（ああ。ややこしい）として見られるのが嫌だった。だって、俺の相棒の相棒は俺であって後藤は俺の相棒の相棒ではないのだから。

だが、戦いは真木博士《おとうさん》の裏切りもあり、終局に向かってどんどん激しくなっていく。俺の生みの親とも言える真木博士《おとうさん》の裏切りには俺も心穏やかではいられなかった。相棒の支えがなければ俺もどうなっていたかわからない。

グリードたちの勢力図もめまぐるしく塗り替えられていった。そして、その局面は紫のメダルによるプトティラコンボの登場によってだれも行き先がわからない方向へと加速していったのであった。

そのころには相棒もダメージの蓄積がかなりひどくなっていた。だれもいない場所で（もちろん俺はいる）激痛に苦しむ相棒を俺は見ていられなかった。

だが、稼いだ金も一億円には遠く及ばない……。むろん、成長を遂げたとはいえ、後藤も二代目の装着者としては実力が不足している。今の状況でバースが戦線から離脱することはグリード側の勝利を約束するものであったことは間違いがない。

まさに八方塞がりとも言える状況だ。

そんなとき、相棒は大胆な行動に出るのだった。

仮面ライダーバース、伊達明の裏切りは、すべての人間に大きなショックを与えた。だが、それはすべて芝居だった。相棒は鴻上会長の指令で真木博士《おとうさん》のグリード化を止めるために、裏切ったフリをしたのだ。もちろんそれは鴻上会長から特別報酬を約束されてのことだったが、俺にはその真意がわかった。

相棒は俺の心の内を察して決断してくれたのだ。

俺は真木博士《おとうさん》にグリードになんてなって欲しくなかった。俺を作ってくれたころの優しい真木博士《おとうさん》に戻って欲しかった。相棒は俺のために……。

〝泣けるぜ〟

結果的に相棒は真木博士《おとうさん》の暴走を止めることはできなかった。だけど、俺はその気持ちだけでうれしかった。さすがは俺の相棒だぜ。

でも、あんなことだけは勘弁して欲しかった。

真木博士《おとうさん》の攻撃を受けた相棒は崩れ落ちた。だれがどう見てもそれは死にゆく者の姿だった。

〝嘘だ……。嘘だろ……。おまえが死んじまうなんて、そんなことあるわけない……〟

俺はパニックになった。

〝おまえが死ぬはずない。おまえは不死身の伊達明じゃなかったのかよ〟

相棒が死んじまう……。俺は相棒を守れなかった……。俺は自分を責めた。目から涙があふれる（つもり）。やはり、俺はそんな程度の男だったのかと。

相棒は俺に別れの言葉を告げてはくれなかった。相棒は後藤に語りかける。その思いは後藤に託される。最後の言葉は後藤に向けられ、相棒は息を引き取った。

俺は嫉妬した。

〝なんで後藤に……。俺じゃないのかよ〟

だが、俺は気づいた。それが俺に対する愛なんだって。真の相棒との別れには言葉なんていらない。相棒ならそう言うはずだ。そして、俺は相棒の真意に気がつく。

「後藤はおまえの装着者としてまだまだだけど。おまえがいれば大丈夫だ。後藤を頼む」

相棒は、無言で俺にそのことを伝えたかったんだ。

涙なんて流している場合（流せないけど）じゃない。

〝行くぞ！　後藤！　くよくよ泣いてるんじゃねえ！　おまえが戦わなくてどうするんだよぉ！　変身するんだ。俺を使えぇぇぇぇ！！！〟

俺は心の中で叫んだ。俺の言葉が届いて（たぶん）、後藤は立ちあがる。そして、集結したグリードのもとに立ちはだかった。

「変身」

俺は後藤を変身させる。

戦い方はむちゃくちゃだったが、俺は後藤に熱いものを感じた。奴も俺の相棒に対しての思いはだれにも負けていない（もちろん俺には負けるが）と信じる男だ。三体のグリードたちを圧倒するという大金星をあげる。

〝一応、言っておくがこんなことでおまえを認めると思ったら大間違いだぞ〟

俺は後藤に念を押すのを忘れなかった（もちろん心の中で）。悲しみに暮れる間もなく次の戦いはやってくるのだ。だから……。

〝あばよ。相棒〟

どうしてもそれを伝えたかった俺は、後藤を連れて相棒のもとへと行った。

そしたら何が起こったと思う？

相棒が起き上がった。

「あ、言い忘れた。退職金、俺の口座に振り込んでおいて」

なんとも相棒らしいじゃないか。

俺はそんな伊達明が大好きだった。だが、別れの時は明日に迫っていた。

後藤は見送りにはいかないと言う。俺もそのつもりだ。だって、俺の相棒はずっと伊達明しかいなかった。いつか帰ってくる。俺はその日を信じていた。

［参］

俺は後藤といっしょに研究室にいた。

相棒は四日後、手術のために海外へと旅だつ。後藤は相棒の旅だちを間近に控えて落ち着かない様子だった。

「百四十一、百四十二、百四十三、百四十四……」

後藤はかれこれ三時間以上、筋トレをしていた。

「三百二、三百三、三百四、三百十六……」

〃おい。また数字が飛んだぞ〃

俺は聞き逃さない。本人はお構いなく続けるが、そのあたりは厳しくチェックしなければいけなかった。実のところ、さっきからちょいちょい数字が飛んでいる。

筋トレは長時間やればいいというものではない。

たまにいるのだ。何時間やったからいいだろうとか、何回やったから俺はすごいという輩が。後藤は明らかにそういう奴であった。数字を重ねることによって、満足感を得るタイプ。結果ではなく過程に酔うことのできるタイプだ。

俺は人にプロテクトスーツを着せるという仕事を生業にしているために、人間の体についてはひととおりの知識をもっている。むろん、相棒の医学の知識に基づいたトレーニングを見ていたのもある（相棒はじつに効率よく必要な部位をトレーニングしていた）。

俺は心の中で後藤のトレーニングにダメだしをする。

〝そんな無茶な筋トレをしたら、明日筋肉痛で動けないぜ……〟

〝そもそもここは、研究をする部屋であって、筋トレをする部屋ではない。筋トレがしたいならジムに行くべきだ〟

「九百九十八、九百九十九、千回……。腹筋千回、終了だ。次は、よし次はスクワットをしよう。バランスよく鍛えないとな。だって、俺が伊達さんのあとを継がなきゃいけないんだから。五百回、いや、やっぱり千回か……。いっそのこと二千回……。俺にできるのか……。できる。俺は伊達さんのあとを継いだ男だ。できないわけがない。そうだよな。見ててくれ、伊達さん。おまえもな」

そう宣言してスクワットをはじめる後藤。

こいつは相棒と違って、二人になると何かと俺に話しかけてくる。

相棒と三人でいたときは必要以上の言葉を発しない無口な人間だと思っていたがそうでもなかった。じつによく独り言をしゃべる。そして、ついでに俺に話しかけるのだ。

「俺もメダルタンクを作ろう。だけど、待てよ。伊達さんみたいな牛乳タンクじゃマネしたって思われないだろうか……。なあ、どう思う？」

「いいアイデアを思いついたっ。リストバンドにセルメダルを入れるんだ。それを使って変身する。すごいよな。これが俺のオリジナリティーだ」

「伊達さんは、俺にカッターウィングを残しておいてくれたんだ。なんでカッターウィングだったかわかるか？　俺がカッターみたいにキレる男だってことを伝えたかったんだと思う。カッとなりやすいって意味じゃないぞ。……なんていうか。その。ほら……。わかるだろ。できる男ってことだ。いや、それは言いすぎだ。黙々と体を鍛えないと」

〝俺は何も言ってない〟

こいつの独り言には腹が立つ。

俺は俺のアイデンティティーを賭けてこう思う。

〝ベルトが相槌《あいづち》を打ったり、悩みに答えてくれるとでも思っているのだろうか？〟

これはじつに危険なツッコミだ。自己否定すれすれの危険な言葉。

俺には意思がある。だが、しゃべる機能はない（一部限定的な言葉はしゃべれるが）。

後藤はそれをわかってるのだろうか？

その点、相棒はそんな俺を尊重しつつも、俺に頻繁に話しかけたりすることはなかった。寡黙に以心伝心、それが俺たちのルールだ。男ってものは、そうでなきゃいけない。

独り言は自信のなさの現れだ。

「ちょっと走ってくる」

後藤はそう言うと研究室を飛びだしていった。

俺にしゃべることができればこう言っていた。

〝おい。まだスクワット千回やってないだろ〟

まあいい。いざというときに無茶なトレーニングで動けなくても困る。

しかし、これから先が思いやられる。グリードたちとの戦いはさらに激しさを増していくだろう。

オーズも紫のメダルの暴走を制御できるようになったとはいえ、変身する火野《ひの》本人がグリードとなる危険性を秘めている。真木博士《おとうさん》のもとにいるもう一人のアンクもさらに力をつけてきているようだ。アンク同士の戦いはいったいどんな結末をもたらすのかだれもわかってはいなかった。

戦力的には、こちらが劣勢であると言えた。

〝俺がもっとがんばらないと〟

鍵はやっぱり俺と後藤だった。俺たちがどこまで戦えるか。それでこの先の戦いの行方が決まってくるように思えた。

でも後藤はまだルーキーだ。多くを望んではいけない。相棒と戦ってきた俺の経験でサポートするしかなかった。

「そんなに力んじゃいけないよ」

俺にそう声をかけたのはゴリさんだった。

ゴリさんは、ゴリラ型のカンドロイド。俺は、初めて会ったときからゴリさんと呼んでいた。

「ゴリさん。たしかに力みすぎなのはわかってます。でも、相棒がいなくなったんです。俺ががんばらないと。相棒を安心させるためにも」

「気持ちはわかるよ」

ゴリさんとは相棒とともに幾多の試練を乗り越えてきた。ヤミーの出現を俺たちに知らせるのがゴリさんの役目だった。

「ヤミーが出た。今すぐ現場に急行しろ！」

俺はゴリさんの声を聞くといつも身が引き締まった。

（むろん、人間にはゴリさんが腕を振り回して、変な声で鳴いているようにしか見えないだろうが……）

時には敵との戦いでセルメダルを投げつけたりして、俺たちの戦いに協力をしてくれた。戦闘用のカンドロイドではないのにもかかわらずだ。危険を顧みない献身的なサポートに何度も俺と相棒は救われたのだ。

「たしかにおまえさんの気持ちはわかる。だけど、俺たちには俺たちの本分ってものがある」

ゴリさんはそう続けた。

「本分ですか？」

「そうだ。我々は道具なんだ」

「それはわかってます」

「はたしてそうかな……」

「わかってるつもりです！」

俺は思わず声を荒らげてしまった（心の中で）。すぐに俺は自分の過ちに気がついた。

「……すみません」

「いいんだ。サポートしかしていない私が言うのも何なんだが。聞いてくれるかい？」

「お願いします」

俺はゴリさんに頭を下げた（下げられないけど）。

「道具には道具の本分というものがある。あくまでも主役は人間なんだ。だから、君がいくらがんばったところで運命に立ち向かうのは人間の仕事だ」

「わかってるんですが、後藤が頼りなくて」

「そうだね。伊達さんは、大した男だったからね。でも、後藤さんが頼りないこととそれは関係がないんだよ」

「……関係がない」

「ああ。後藤さんには、後藤さんの良さがある。伊達さんにはない良さが。それを見つけて、その人にぴったりあった道具になる。それが道具の本分なんだ」

理屈ではわかるつもりだった。でも、それを心から納得するにはまだ時間が必要に思えた。

「ごめんね。説教みたいになっちゃって」

「いや。そんなこと」

「偉そうに言って、ごめんね。僕のほうが君より年下なのにね」

「たった数ヵ月、僕が先に完成しただけですよ」

俺はゴリさんの言葉の意味を考えた。

「持ち主にぴったりの道具になる」

たしかにそれが道具の本分だ。だけど、そう言うならいまさらだけど俺は相棒にとってぴったりあった道具になれていたのだろうか？

俺はたしかに相棒に頼りきっていた。

初めての戦闘でも相棒の強さのおかげで自信を取り戻し、力を発揮することができたにすぎない。それからの戦闘でもずっと。

もし、相棒がオーズドライバーを巻いたとしたらどうだろう。ひょっとしたら火野が巻くより優秀なライダーになるんじゃないだろうか。って、ことは。相棒の足をひっぱっていたのは俺なんじゃないかって。

たらればの話が無意味なことはわかっている。

だけど、一度、そんなことを考えだすとネガティブな思考が止まらなくなる。

俺には後藤くらいがお似合いなんじゃないか……。そもそも、後藤に対して感じている不満の正体は俺のそんなネガティブな思考に由来していることかもしれない。

「後藤は俺をすごい道具だとは思わせてくれないんじゃないか……」

「所詮はセルメダルを使って変身するベルト……」

「史上最弱のベルト……」

相棒のサポートなしじゃ、人からそう思われてしまうんじゃないか……。

俺が後藤に対して思っている不満なんて、所詮そんな底の浅いものかもしれない……。

「だめだ。そんな風に考えちゃ」

相棒との別れにナーバスになってるだけなんだ。俺は相棒に見合った男だ。そして、後藤を先輩として導くことができる、そんな存在なんだ。

俺は、そう心の中で何度もつぶやいた。折れそうになる心に活を入れた。

「俺はできる。俺はできる。俺はできる」

そんなことを考えていたら、俺はふいに真木博士《おとうさん》に会いたくなった。

俺の生みの親である真木博士《おとうさん》に会いたくなった。会って俺がちゃんと戦えていたかどうかを聞きたかった。

真木博士《おとうさん》が思い描いたとおりに戦えているか？　開発者から客観的に見て俺と相棒のコンビはどうだったのか？　を。

だけどそれはもう叶わない。

真木博士《おとうさん》は自分の夢に向かって走りだしていた。

「世界に良き終わりを」

それが真木博士《おとうさん》の口癖だった。真木博士《おとうさん》は、この世界に終わりをもたらそうとしていた。真木博士《おとうさん》のそんな思いに俺はいつも悲しくなった。それはいつの日かやってくる真木博士《おとうさん》との別れを暗示するものであったのだから。

「醜く変わる前に、美しく優しいうちに完成させる」

その気持ちはわからないわけじゃない。これから後藤とコンビを組んで仮面ライダーバースが弱いライダーの代名詞になってしまうとしたら……。相棒と戦いながら大往生してしまったほうがカッコイイかもしれない。

真木博士《おとうさん》は、どんな思いで俺を作ったのだろう。

名前は鴻上会長がつけたはずだから、きっと真木博士《おとうさん》は不本意だったことだろう。真木博士《おとうさん》ならきっと「仮面ライダーエンド（終わり）」とか「仮面ライダーデモリッションン（破壊）」みたいな名前をつけたのではないかと思う。

それはそれでカッコイイな……。

い、いやだめだ。

それでは、世界の終末を実現するためのライダーになってしまう。

真木博士《おとうさん》は、俺に世界を壊して欲しいと考えていたのだろう。

だけど、今の俺は、真木博士《おとうさん》の思いとは裏腹に世界を救うために戦っている。

なんとも悩ましいことだろう。

つまり悪の組織によって改造された強化人間が、その組織を裏切って、その組織と戦うようなものだ。

〝ごめんなさい。俺は、あなたのために戦うことはできません！　俺は正義の味方なんです。だから、だから！　真木博士《おとうさん》を倒します！〟

やばい。なんてカッコイイんだ。

我ながらすごい宿命だぜ。

いつかそんなシチュエーションがやってきたら、迷わず戦いを挑む。だって、それがヒーローというものなんだから……。

そのとき、研究所のドアが開く。

〝なんだ。後藤、もうバテて帰ってきたの？　はやすぎるだろ〟

そう思って俺はドアに視線を向けた（実際向けてないけど）。

だが、そこに立っていたのは、真木博士《おとうさん》であった。

〝お父さん……〟

「ここは変わりませんね」

真木博士《おとうさん》は、相変わらずの無表情であたりを見わたす。

そして、探していたものを見つける。

それは俺だった。

「ありました。しかし、物騒ですね。だれもいない部屋にこんな大事なものを置いて」

〝まったくだ。何やってんだ。後藤！〟

真木博士《おとうさん》がそっと俺を持ち上げる。

〝どうして……〟

俺の心臓は早鐘のように高鳴る。

「これを使いましょう」

えっ。今なんて言った？　これを使いましょう？　どういう意味なんだ？

俺は混乱した。

そして、ひとつの可能性にたどり着く。

〝ひょっとして、真木博士《おとうさん》は俺を使って仮面ライダーバースになって戦うつもりなんじゃ……〟

そうだ。そうに違いない。俺は真木博士《おとうさん》にとって世界に終わりをもたらすための切り札だったんだ。

全身に鳥肌が立つ（もちろん俺の体は金属だ）。

血液が熱く体中を駆け巡る（液体は入っていない）。

真木博士《おとうさん》は、そう言うとセルメダルを一枚取りだす。

〝マジだ！　これで決定だ〟

博士は俺を使って変身しようとしている。そう確信した。俺が再び悪に寝返るときがやってきてしまったのだ。

俺は必死に今後の身の振り方を考えた。ここで判断を誤っては、一大事だ。

搭載されたＣＰＵをフル回転させて俺は計算した。

どうする？　どうする？

俺は、このまま真木博士《おとうさん》についていったほうがいいのか？　真木博士《おとうさん》についていって、鴻上会長を敵に回して、後藤や火野と戦ったほうがいいのか？

いやだめだ。そんなことダメだ！

相棒との約束を忘れたのか？

後藤を一人前にして、世界の平和を守る。そう約束したはずだ。

たとえ、父殺しの汚名を背負ったとしても、裏切り者の汚名を背負ったとしても戦い続けると。

だが、待てよ。

裏切り者の汚名を背負うなら一旦、真木博士《おとうさん》のもとについてもいっしょじゃないか？

そうだ。その手があった。

これからの行動をシミュレーションしてみよう。

まず、俺は真木博士《おとうさん》の誘いに乗って、父親の理想の実現のために後藤や火野たちを裏切る。

これは、父親のためという宿命があるから仕方がないはずだ。

まあ、ギリギリ許される。

俺は心を痛めながら後藤や火野と戦う。心は痛い。俺だって苦しいんだっ！

いいぞ。乗ってきた。

そんな中、戦いはクライマックスへ！

欲望による再生か。はたまた、欲望の暴走による世界の終わりか。そんな天下分け目の戦いだ。

俺はもちろん全力で戦う。この時点では、真木博士《おとうさん》のさらなる改造手術によって、パワーアップしているから人の心を失っているんだ（ベルトだけど）。

だから、俺に迷いはない。火野のプトティラコンボにも劣らない暴走状態なんだから。

後藤はバースバスターで挑んでくる。彼も良くやった。俺はわずかに残った意識の中で後藤の成長をうれしく思う。だが、改造されてるからどうにもならないんだ。

そうこうしているうちに、火野は、変身解除するほどのダメージを受けて、地面に倒れ込む。

絶体絶命！

「世界に良き終わりを」

真木博士《おとうさん》は、そうつぶやくとバースドライバーを構える。

そのとき！　そのときなんだ！

どこからともない銃撃が、真木博士《おとうさん》の足下に着弾する。

「だれです？　世界の終わりを邪魔するのは？」

崖の上に現れたのは、もちろん！　伊！　達！　明！

「ドクター。世界はこの俺が終わらせねえよ！」

相棒は、颯爽《さっそう》と崖から飛び降りる。そして、フルパワーでバースバスターを乱射する。

そして、相棒は叫ぶんだ。

「はやく目ぇ覚ませぇ！　相棒！　俺にはおめぇの力が必要だってわかんねぇのかよっ！」

〝アイボウ？〟

俺は懐かしい声に反応する。俺の中に眠る正義の心が目を覚ましかける。

〝オレ　ノ　アイボウ　ハ　マキハカセ　ダ〟

だけど、そう簡単には目を覚まさない。それほどに俺に施された改造は強いものだったんだ。

「相棒がなんですか。一度は捨てておいて。このバースドライバーは弱い。弱すぎる。どうあがいてもコアメダルにはかないません。だから、人間の身でありながらコアメダルを吸収した私が使うんです。つまり、私が使えばだれよりも強い仮面ライダーが生まれるんです」

真木博士《おとうさん》は、圧倒的な力で相棒を制圧する。

劣勢になる相棒。だけど、相棒はあきらめなかった。相棒はなんと捨て身でバースに組み付くんだ。

そこで叫ぶ！

「俺の相棒はそんな弱い奴じゃねえ！　正義を愛する強ぇ奴だ！　だって、俺の相棒なんだからよ！」

相棒の命がけの告白は俺のプログラムを解除した。

〝ピキーン！　プログラム　カイジョ〟

仮面ライダーバースは変身解除する。

相棒は俺を手にとって、すぐさま腰に巻いた。

「いくぞ相棒！」

〝まかせろ〟

「変身っ！」

俺は歌う。

『セルメダル！　セルメダル！　セルメダル！　セルメ、ダルメ、セルメダル（字余り）』

仮面ライダーバース、セルメダルコンボの誕生だ！

そして、ここで音楽！

新エンディングテーマは、もちろん俺と相棒のデュエット。

そこからの勝負はあっという間だ。

俺は、相棒といっしょに真木博士《おとうさん》を……。

（泣いてる場合じゃないのはわかってる）

〝さようなら。お父さん〟

『セルバースト！』

木っ端みじんに飛び散る真木博士《おとうさん》。

「つらいのに良くやった」

〝相棒〟

「つらいときは泣いていいんだぜ」

〝相棒っ……〟

そうして、戦いは終わった。俺と相棒がいる限り、この世界に終わりはやってこない。

だって、俺たちは仮面ライダーバース。

この世に誕生の祝福を与える仮面ライダーなんだから……。

Ｆｉｎ

この間、わずか四秒だった。

俺の覚悟は決まった。

俺は俺の運命に身を委ねる。

そして、相棒に助けてもらう！

そして！　そして！　感動のエンディングを迎える！

さあ。真木博士《おとうさん》、セルメダルを入れてくれ……。

いや。それもどうかと。

……ここは、セオリーどおりにいったほうがいいな。

〝やめろー。真木！　俺は正義のライダーなんだ。俺は、正義のライダー、仮面ライダーバースなんだー！〟

しかし、真木博士《おとうさん》は、ベルトを持ったまま動かなかった。

〝どうして腰に巻かないんだ？〟

そして、真木博士《おとうさん》は俺に笑いかけた。

「このベルトにつまった私の欲望を解放したらどうなるんでしょうね」

〝真木博士《おとうさん》の欲望？〟

次の瞬間、俺の真ん中にメダルの挿入口が浮かび上がる。

〝いやいや。新しいの作らなくても入れるところあるから〟

そして、真木博士《おとうさん》は、その中にメダルを投げ入れた。

〝いや。変身って、言ってからセルメダルを入れないと〟

セルメダルが俺の中に入ってくる。それは今までに味わったことのない感覚だった。

普段の変身とは明らかに違った。

セルメダルを使った変身では、俺の中に力がみなぎる。それもそのはずだ、セルメダルを分解して高密度のエネルギーを取りだすのだから。

しかし、今回は体中を無気力が襲った。エネルギーが満ちていくいつもの感覚とは真逆だった。

そして、次の瞬間。

俺から何者かが這いでてきた。

その姿は、仮面ライダーバースによく似ていた。だが、細部に至るまで生物的で禍々しい姿をしていた。まるで、この世に生まれてきたことを呪っているような姿だ。

「ヤミーだ！　そいつはヤミーだ！」

ゴリさんが手を振り回しながら俺に向かって叫んだ。

ヤミー？　こいつがヤミーなんて……。そんな馬鹿な……。

「恐竜でもなく、幻獣でもなく。こんなに仮面ライダーに似た姿のヤミーが生まれるとは思いませんでした。世界を終わりに導く仮面ライダーと言ったところですね。仮面ライダーデス。そう名付けましょう」

仮面ライダーです？　仮面ライダーですって言われても。そんな怪人みたいなライダーなんて。だれも仮面ライダーって思わないだろうに。

「真木博士！」

そのとき、後藤が飛び込んで来た。そして、目の前にいた仮面ライダーデスに衝撃を受けた。

「仮面ライダー？　仮面ライダー型のヤミーか。バースドライバーから作りだしたのか」

〝後藤、いつも察しがいいよね〟

「先日はどうも。伊達君の後任でバースになったようですね。おめでとう」

「何をしに来た」

「この前は君にずいぶんと痛い目にあわされました。そのお礼と、君のバース就任祝いをしようと思いましてね」

〝ああ。そういうこと？〟

そう思った瞬間。後藤は、バースバスターを構えて、真木博士《おとうさん》が持っていた俺を射撃した。

〝いてぇえ！〟

衝撃で真木博士《おとうさん》の手からはじき飛ばされた俺は床に転がる。

〝なにすんだよ！〟

後藤は俺をすかさず拾った。

「いい状況判断だとは思いますが、あんなに欲しがっていたバースドライバーを銃撃してもいいんですか？」

「バースバスターの出力は最小にしてある。こいつを取り返さないと戦おうにも戦えないからな」

「なるほど。やはりずいぶん成長しているようですね」

「もちろんだ。俺は仮面ライダーバース。伊達明の次の装着者なんだからな」

〝せめて俺たちはって言えよ〞

そう言うと後藤は俺を自分の腰に巻いた。

「変身っ！」

〝わかった。いいぜ。変身させてやる。足ひっぱるなよ〞

後藤は俺の中にセルメダルを挿入して、右側のダイヤルを回した。

…………。

しかし、何も起きなかった。

どうして……、何も起きないんだ。いつもなら装着者を変身させられるのに……。どうして？

「……どうして？」

俺たちが戸惑っている隙をついて、仮面ライダーデスが攻撃をしかける。

「変身できないようですね。さっきの攻撃で壊してしまったようですね」

「そんなバカな」

壊れているわけではなかった。それはわかる。

俺はただ変身させることが、ただ後藤を変身させることができなかったのだ。

俺たちは、敵の攻撃を避けるので精一杯だった。

「ここは俺がなんとかする！　逃げろ」

ゴリさんがあたりにある書類をなりふり構わずまき散らす。わずかではあったが、敵がひるんだ。後藤はその隙に扉に向かって走る。

デスは、必死で暴れるゴリさんに手を伸ばす。

ゴリさんは握られた瞬間にセルメダルとなって崩れ落ちた。

〝ゴリさーん!!〟

俺は必死で逃げる後藤の腰でゴリさんに向かって叫び続けた（叫べないけど）のであった。

［四］

「バースドライバーに異常はないようです」

里中は後藤にそう告げた。後藤は鴻上ファウンデーションの会長室で里中から報告を受けていた。会長は外出中だ。

「そうですか……」

後藤はそう言葉を絞りだしてうなだれた。

「くそっ」

そう言って壁に拳を打ち付ける後藤。壁がへこむ。筋トレの成果はでているようだ。

「壁の修理代は今月の給料から引きます」

「えっ」

「今日、業者にきてもらって見積もりをお願いします。請求額は追ってお知らせしますので」

「わかったよ！　請求でもなんでもしてくれ。あと、バースドライバーの修理代もっ」

あの一件のあと、俺は研究所で精密検査を受けた。

壊れた箇所は見つからなかった。俺自身にも故障という自覚はない。道具というのは自分の故障の原因がはっきりとわかるものだ。

俺は相変わらず装着者を変身させることができなかった。

そうなると考えられる原因はひとつだった。真木博士《おとうさん》が俺からヤミーを生みだしたせい。そう考えるほかなかった。

あの怪人ライダーを倒さないかぎり、俺は二度と装着者を変身させることができない。

「せっかくバースになれたっていうのに残念ですね」

「原因はわかってる」

後藤も気づいていたか。そうだ。ヤミーが生まれたせいだ。

「原因は俺がまだバースにふさわしくないこと。それだけだ」

〝そうそう。後藤がバースにふさわしくない……って、おいっ〟

俺は思わずのりツッコミをしてしまった。ベルトであるこの俺がだ。

「まだ、こいつに俺が認められてない。だから変身できないんだ」

違うって。ヤミーが生みだされたせいだ。

もちろん、俺が後藤を認めていないってのは、本当だけど。そんなことで変身させないほど俺は小さいベルトじゃない。

「今までは変身できてたじゃないですか」

「最初のうち何度か変身できたのは、俺が恐れを知らなかったからだ。つまり、若気の至りという奴だ。あのころの俺は自分が世界を救う選ばれた人間だと信じて疑わなかった。自信があったからだ。でも、今の俺はあのときの俺とは違う。成長とは、時に後退を意味することがある」

「じゃあ。ついこの前、伊達さんからベルトを受け継いだときは」

「あそこで変身できなきゃ、男じゃない。そうは思わないか?」

「そうは思わないかって言われても」

俺も里中に賛成だ。その気持ちわかる。

「伊達さんが死んだんだぞ。生きてたけど。伊達さんが死んだ、そんなシチュエーションでも変身できないんじゃ、バースになろうなんてハナからあきらめたほうがいい」

「そういうもんですかね」

「そういうものだ」

俺は、違うと思うけど。そもそも論点がおかしいし。

「俺は俺の力をこのベルトに認めさせないといけない」

「そんな非科学的な。意外に後藤さん、そういう人だったんですね?」

「そういう人って?」

「マニュアル大好きだから。ものに魂があるとか、そういうことを考える人じゃないと思っていました」

「笑いたければ笑え。昔、おばあちゃんに教えられたんだ」

「おばあちゃんですか？」

「俺を育ててくれたおばあちゃんだ。ものを大事にしなさいって教えてくれた」

「おばあちゃん子だったんですね」

「大事にすればちゃんと応えてくれるって教えてくれた。俺には、それが足りなかった。だから、俺は変身ができないんだ」

「はあ」

大事にしてくれるのは道具としてありがたいのだが、そこまで言われるとはっきり言ってウザい。

「俺とバースドライバーとの絆《きずな》をもっと深めないと」

だから、違うって。

「あの。提案があるんですけど。まだ、伊達さんは日本にいるわけですし、伊達さんに相談してみたらいいんじゃないでしょうか」

それグッドアイデア。そうしよう。そのほうがいいって。

「それはできない。俺は伊達さんにこいつを託されたんだ。しかも、こんなにはやく助けを求めるなんて……。そんなことできるわけない」

「そりゃ、恥ずかしいかもしれませんけど」

「できないったら、できない」

〝そこは意地を張るところじゃないぞ、後藤〟

「じゃあ、どうするんですか？」

「特訓だ。俺はこいつと一心同体になる。トレーニングもずっとこいつを腰に巻いてする。トレーニング中だけじゃない。寝るときも、食事するときも。もちろん、風呂の中でもだ」

〝言っておくが俺の防水は生活防水程度だ。短時間の戦闘ならまだしも、長時間にわたって潜水すれば本当に壊れるぞ。

第一、裸で俺を巻いてる姿を想像してみるといい。それはただの変態だ。人に見られたらひどいことになるぞ〟

「水没は保証対象外ですので後藤さんに請求が行きますよ」

〝里中、良く言った〟

「だったら、風呂の中以外だ」

そういう問題じゃないんだけどな……。

「とにかく俺は山にこもる」

「山ですか……」

「会長には三日で戻ると言っておいてくれ。三日でなんとか変身できるようになってみせる」

「ちょっと待ってください」

「止められても考えは変わらないぞ」

「後藤さん、有給は付きませんよ。有給の申請は一ヵ月前が原則なんで」

「え？　これは業務の一環だろ？」

「会社組織を舐《な》めないでください。そうでなくても後藤さんは会社を無視して、自分勝手に行動しすぎです。ひょっとして警官だったころもそんな自由に行動してたんですか？」

「世界を守るためだ」

「いつかクビになりますよ」

「いいよ。だったら、無断欠勤扱いでかまわない」

「病欠くらいにはしておきます」

「ありがとう。里中」

　後藤はそう言うと俺を手にとって、腰に巻いた。そして自分の荷物を持って会長室の出口へと向かった。だが、ふいに立ち止まる。

「山に行く前に、もう一度確かめておこう……。変身」

　後藤はセルメダルを取りだし俺に挿入して、ダイヤルを回す。

　もちろん何も起きない。

「うん。行ってくる」

「がんばってください」

そうして俺と後藤の山小屋での生活がはじまった。

後藤は俺を腰に巻いて生活をした。そんなことをしたところでなんにもならないのに。

俺は黙って後藤のトレーニングにつきあっていた。

意外だった。トレーニング中に後藤はうるさいくらいにずっと俺に話しかけてくるものだと思っていたが、とくに何かを話しかけてくるわけではなかった。ただのひとことも言葉を発することはなかった。

後藤は、寡黙にトレーニングをこなしていた。

俺から生まれたヤミーが、暴れているらしいという報告が里中からあった。

ヤミーが出現するたびに火野が現場に急行して戦闘をくり返しているが、すんでのところで逃げられているようであった。

敵のヤミーは力ある道具がある場所に現れた。

建築現場の巨大な重機。

自衛隊の戦車。

研究所にあるスーパーコンピューター。

果てには、電気を作りだす巨大発電所。

ヤミーはそれらの道具の力を無に返す。そんなことをくり返していた。

この世の中の力という力を消滅させる。

それが俺から生まれたヤミーの欲望であった。

〝それが俺が望んでいることなのか？〟

俺は初めての戦いで味わったコアメダルの力に思いをはせる。あのとき、俺は自分がセルメダルをエネルギー源とすることに負い目を感じた。もっと強い力を欲しいと思った。

相棒と組んでいるときは、相棒が俺をうまく使ってくれると信じていた。だから、自分の力のなさに疑問を感じることはあまりなかった。

だが、今は違う。今は自分の力と正面から向きあわなければいけないのだ。

俺はこれからやっていけるのだろうか？

装着者をバースに変身させることのできない俺がそんなことを考えるのも滑稽な話なのだが、俺にとっては深刻な問題であった。

正直、自信がない。

おそらくヤミーは、俺のそんな思いが生みだしたのだろう。

〝力が欲しい。すべての敵を退けて、装着者に勝利をもたらす力が……〟

そんな思いが俺より力の強い道具を壊すヤミーを誕生させたのだ。

俺は自分の弱さに自己嫌悪に陥る。

たった三日間ではあるが、時間はあっという間に流れた。相変わらず後藤は口を開こうとせずにトレーニングを続けていた。口を開くのは日に数回。変身を試すときだけだった。

「変身」

その言葉は、こだまとなって山間に響いていく。

後藤は変身ができないと知ると再び過酷なトレーニングに戻った。

三日目の晩。里中との定時連絡のときのことであった。

通信に出たのは里中ではなく意外な人物であった。

「後藤君。山ごもりはどうだね」

「……会長。勝手に山ごもりなんてしてすみません」

「ん？　いいんだ。山ごもり。素晴らしい！　現代人の君にしてはずいぶん古風なことをしたものだね。咎めるつもりはない。君は君の欲望に従っただけだ。給料は引かせてもらうが」

「お願いします」

「それで変身はできるようになったのかね」

「すみません。できません」

「そうか。それでどうするのかね？」

「明日、戻ります。バースになれなくても火野を助けることはできます」

「期待しているよ。君は自分のせいで変身できないと考えているようだが、おそらくそれは違う。君が変身できないのは、別の要因だ。バースドライバーは研究所でもう一度検査をしたほうがいい。帰ってきたら里中君にわたしてくれたまえ」

「こいつはどうなるんでしょうか」

「構造の解析をして、欠陥を探す。それで何も問題点が見つからなければ廃棄処分が妥当なところだろうな」

廃棄処分……。

それは仕方がないことだと思えた。

ヤミーを生みだしたから変身できなくなった。それはあくまでも俺の推論にすぎない。たとえそうであったとしても、その原因を作ったのは俺のうかつさである。

道具は人の役に立ってこそ、その存在を許されると言うものだ。

役に立たなくなった道具は、捨てられる運命にある。それがこの社会の仕組みだ。

俺は後藤の手が自分に伸びるのを感じた。

何も言わずに後藤の手に力がこもる。

〝後藤……〟

「それでは君の帰還を待っているよ」

「あのひとついいですか」

「なんだね?」

「バースの適任者を探していただけませんでしょうか?」

〝後藤、何を言ってるんだ。あんなにバースに成りたがっていたじゃないか〟

「いいかい? バースドライバーを廃棄処分にするからといって、君がバースでなくなるわけじゃない。そのバースドライバーのパーツは、おそらく新造されるバースドライバーの一部になるはずだ」

「それでも」

「そう思う気持ちもわからないではない。伊達君から引き継いだ大事なベルトだからね。でも、答えはノーだよ。後藤君」

「会長」

「君をバースの装着者として育成するためにずいぶんとお金を使っていてね。つい先日も伊達君に君の教育費としてギャランティを払ったばかりだよ。もし、君が伊達君からその費用を取り返してくれるというなら考えられなくもないのだが」

「できないことを言わないでください」

「そのとおり、あのお金は伊達君の手術費だ。君には戦い続けてもらうよ。そう、この戦いが終わる、その日まで、君が仮面ライダーバースだ」

会長はそう告げると通信を切った。

後藤は天を仰いだ。夜空には満天の星。後藤はその星々をじっと眺めて動かなかった。

都会育ちの俺は山に来てその星空の素晴らしさに感動していた。

そして、その星の世界に旅だつための道具があることに、感動と劣等感を感じていた。

〝俺はなんて非力なんだろう〟

そんなことを考えていると後藤は星を見るのをやめて、たき火の前に座った。

そして、ここに来て初めて俺に語りかけた。

「すまない。俺が非力なばかりに」

〝気にするな。俺はただの道具だ。道具には道具の分というものがあるんだ。これが道具として生きる俺の運命なんだ。だから、おまえは次のバースドライバーをつけて戦ってくれ。俺のことなんてかまわずにバースとして戦うんだ。俺のことなんて気にするな〟

後藤は後藤なりに俺のことを思ってくれていた。だけど、そんな甘いことを言っている後藤を蹴り飛ばしてやりたくなる。

〝そんなんじゃ、戦いに勝つことはできないぞ。相棒から何を学んだんだ？〟

俺はそんな気持ちを抑えながら後藤にささやいた。

〝でも、うれしかったぜ。ありがとよ〟

満天の星に、揺れるたき火。最高のロケーションだ。

俺の思いは今ならきっと後藤に届くはず。

「……おまえの声が聞けたらいいのにな」

〝うん。そりゃそうだ〟

どうせ俺の思ってることなんて伝わらないさ。

「ブレストキャノン」とか、そんなことしか言えないただの道具だ。

「聞いてくれ。今度のヤミーを作りだしたのは俺の弱い心だ」

〝いや、待て。それを言うなら俺の焦りから生まれたはずだ〟

「真木博士が作りだすヤミーは、使用者の思いの具現化だ。その道具の持ち主の成し遂げられない欲望がヤミーとして誕生する」

……たしかに。そう言われてみればそうだな。

「『世界の平和を守る』それが俺の夢だった。だけど、俺は伊達さんに出会って自分の力のなさを知った。この前の戦いでもそうだ。グリード三体を撃退したときも、ガムシャラに戦って偶然勝てただけだ。あれはラッキーだったんだ。十回やったら半分も勝てないはずだ」

自己分析はちゃんとできるようになったんだな。でも、少し謙遜しすぎだ。もう少しは勝てるんじゃないかと思うぜ。

「だから、こう思ってたんだ。この世の力あるものがいなくなってしまえばいいって。心のどこかで伊達さんにも思ってた。伊達さんがいなくなれば俺はバースになれる。だから、伊達さんのけががわかったときには、心のどこかでそれを歓迎していたのかもしれない」

バカ言うな。おまえは歓迎するどころか心配で心配でしょうがなかったじゃないか。

「現に俺は伊達さんのけがでバースの座をつかんだ」

それはおまえの実力だ。みんなそれは認めている。

「バースの装着者の座が転がり込んできたら、それはそれで臆病になってる。俺より強い力をもってるものはなくなってしまえば良いって。だから、ヤミーは強い力を持つ物を破壊する。あれは俺の弱い心、そのものなんだ」

俺は後藤の告白を聞きながら、単純なことに気がついた。

〝後藤と俺はよく似てる。あのヤミーは俺と後藤が生みだしたんだ。あれは俺たちの弱い心そのものなんだ〟

翌朝、俺たちは山を降りた。

山の麓《ふもと》では、里中が待っていた。里中の車で街へと向かう俺たち。

後藤は、昨夜のあの告白以来、何も語らなかった。

もちろん俺も何もしゃべらなかった（残念ながら……）。

後藤と里中は、俺を研究所で研究者たちに預けた。

後藤はここでも何も言わなかった。

俺は火野たちに合流するために研究所を去る後藤の背中に向かってつぶやいた。

〝さよなら、相棒〟

もちろん、俺のつぶやきは後藤には届かなかった。

［五］

俺の構造解析はすぐにはじまった。

まずはプログラムのチェックからだ。プログラムのチェックは、頭の中を覗かれるようで気持ちが悪い。だが、明日になればもっと不愉快なことがはじまる。

きっと俺は分解されてバラバラになるのだろう。

そうして、パーツひとつひとつの精査と検証がはじまる。

正直、怖い。

俺の意識はおそらくパーツの集合体に宿っている。分解されたら俺の意識はどうなるのだろうか？

分解されていく中で大きなパーツに最後まで残り続けるのだろうか？　それとも、バラバラになる過程で意識が各パーツに分散していくのだろうか？

アンクやグリードのことを思いだす。

彼らは生命体と物の中間のような存在だ。生命エネルギーを蓄えたコアメダルに宿った意識。コアメダルという生命を圧縮した特殊な道具に宿った生命体だ。

それに比べれば俺の意識など、中途半端きわまりない。生命ですらないのだ。

だれも俺が「ある」なんてことを証明することはできない。

きっと道具の意識なんてものは、所有者と道具の間でしか、成り立たないものだろう。

プログラムのチェックが終わった俺は保管室へと移された。

そこで俺は偉大な先輩と再会した。

「久しぶりだね。元気だったかい？」

プロトタイプ・バースドライバー、その人であった。

「プロトさん……」

「なんだ？　元気がないな。そりゃ、こんなところに来るくらいだからね」

プロトさんは、開発の役目を終えてからは研究所の保管室に保管されていた。外の喧噪《けんそう》に巻き込まれることもなく。ひっそりと。

かつての俺とプロトさんの交流は、短期間ではあったが濃密なものであった。

俺は、今でもそのときのことを思いだす。じつに恥ずかしい思い出ではあるのだが……。

そのときの俺は自分の性能を鼻にかけた跳ねっ返りのルーキーだった。プロトさんは実戦投入を想定されていない実験機だったこともあり「ブレストキャノン」と「クレーンアーム」だけが使用可能だった。俺はそんなプロトさんを最初は見下していた。

もちろん性能において俺のほうが勝っていたからである。

俺は何かとアドバイスをくれるプロトさんにずいぶんと失礼なことを言ったものだ。

「そんなこと。もちろん知ってますよ」

「僕はプロトさんの実験データをもとにバージョンアップされているんですからね」

プロトさんはそんな僕に「君は優秀だね。私の誇りだよ」といつも言ってくれていた。

俺がプロトさんにキャリアで劣るルーキーだと知ったのは、初めての戦闘シミュレーションのときだった。散々な成績の俺を尻目にプロトさんは冷静にポイントを重ねていった。

「落ち着いて冷静に。使用者の指示を待てばいい。あわてると誤作動を招く」

俺はそのときプロトさんの言葉をちゃんと聞こうと思った。

それからプロトさんは、厳しく、時に優しく指導してくれた。今思えばプロトさんがいなければ実戦に出ることも無理だったかもしれない。

プロトさんは、俺の恩人だった。

「で、どうしたんだい」

俺はプロトさんのその言葉に胸が痛んだ。

久しぶりに恩人の前に出るのに、この状況。できれば装着者の腰に巻かれた状態で、元気な姿で会いたかったものだ……。

しかし、こうなってしまった以上仕方がない。俺は覚悟を決めて洗いざらい話すことにした。

「俺、廃棄処分になるかもしれません」

「それは穏やかじゃありませんね。聞かせてください」

「真木博士《おとうさん》にセルメダルを入れられて」

「？？？？？」

「そしたら、俺からヤミーが生まれて……。俺は変身させられなくなって」

「ちょっと待ってください。全然状況が読めませんね」

それもそうだ。プロトさんは、ずっと保管庫にいたのだ。真木博士《おとうさん》の離反などを教えてくれるものはだれもいなかった。

俺は、俺が実戦投入されてからこれまで起こったことを丁寧に話した。

「なるほど。そういうことですか……」

プロトさんは、深くうなずいた（もちろん……）。

「俺、どうしていいかわからなくて」

「どうしていいかわからない、ですか？」

「ええ」

「そんなことはないはずです。あなたはわかってるはずですよ。自分のやりたいことを」

「自分のやりたいこと？」

「あなたは今すぐにでも後藤君のところに行っていっしょに戦いたい。そう思ってるのでしょう?」

「そうです。いっしょに戦いたいです。でも、こんな状況じゃ」

「できないと言うのですね?」

「できませんよ!」

俺はプロトさんに対して思わず声を荒らげてしまった。俺はうっぷんを爆発させるようにまくし立てる。

「変身させることができないベルトなんて役に立ちませんよ!」

「世の中のベルトはみんなそうだと思いますよ」

「そりゃ、そうですよ! どんなベルトでも巻いた人間を変身させることができたら、世の中は仮面ライダーだらけになっちゃうじゃないですか! 変身させられない変身ベルトなんて、ただのベルトだ。いや、それ以下だ。まだ普通のベルトのほうが役に立つ。なんてったってズボンが下がらないように押さえることができますからね! 俺にはそんなこともできない。変身させられないのに付けたって、ただ、重いだけだ!」

なぜだかわからないけど涙があふれた(もちろん……)。こんなことをプロトさんにぶつけても意味がないってことはわかってた。何にも解決しないことはわかっているのに。

俺はひとしきりまくし立てると口をつぐんだ。

重苦しい時間が流れる。

俺はここから、この世から消えてしまいたい気持ちでいっぱいになった。

「あなたがうらやましい」

プロトさんがそんな言葉で重い空気を破った。

「え？」

「いや、すみません。もちろん今のあなたの状況は不憫《ふびん》に思います。私がうらやましいと思うのは、実戦で人間といっしょに戦い続けてきたことです」

俺は自分の失言に気がついた。

たしかにプロトさんは、俺が相棒と戦っている間もここで一人……。

「すみません。俺……」

俺は自分のことばかり考えてプロトさんの気持ちを考えることができなかった。俺以上に人のために戦いたいと思っているのはプロトさんであるはずなのに……。

「いやいや。謝らないでください。私は私で幸福なんです。私がいたからあなたが誕生した。そうでしょう？」

「もちろんです。プロトさんがいなければ、僕は生まれませんでした」

「あなたの功績は、私の功績でもあるんです。私はあなたがこれまで戦って勝利をおさめてきたことを誇りに思います。お礼を言わせてください……ありがとう」

「……プロトさんっ」

俺は抱きつきたくなる気持ちを必死に抑えた（どうせ抱きつけないから）。俺はプロトさんの言葉に救われた気持ちになった。そして、それと同時にプロトさんに言いようのない申し訳なさを感じた。

「でも、俺はプロトさんにお礼を言われるようなベルトじゃあありません。ちっとも、成長できなくて。ずっと同じところをぐるぐる回って。プロトさんにお礼を言われるほどの活躍ができなくて」

「いいかい。良くお聞きなさい。私たち道具は成長しないんです。成長するのは人間なんだ。人間は成長して私たち道具を素敵に使えるようになる。私たちは成長しなくてもいいんだ。何も変わらなくていい。それが道具というものなんですよ」

「でも、俺は、人間のためにもっとがんばりたいんです。成長したいんです。必死で苦しんでる後藤、いや相棒に自分も成長して応えたいんです」

「道具はね。代を重ねるごとに成長するんです」

「代を重ねるごとに？」

「進化という言葉を使ったほうがいいかもしれませんね。ちょうど私とあなたの関係のように。私という道具の問題点は、バージョンアップしてあなたという道具として生まれ変わります。それが私たち道具の成長の形なんです。いずれあなたにも、あなたの問題点を解決した次世代の道具が生まれるはずです。そうなればあなたもこの気持ちがわかるかもしれませんね」

「なんか、悲しい話ですね」

「悲しい？　そんなことはない。これはとっても素晴らしいことなんですよ。私たちの思いは、ずっと進化しながら受け継がれていく。そして、人間を助け続けるんです」

「……ずっと」

「そう。ずっとです」

ずっと……。

俺は何を焦っていたんだろう。この世に生まれたからには、何かをなしたいと思っていた。後世に言い伝えられる功績が欲しかった。それが手に入らなくて気をもんでいた。

でも、プロトさんの言うように考えると、気持ちが楽になった。

俺は道具の進化の流れの一部なんだ。

太古の昔、人間は硬い獣の皮で作った服をまとって自分より強い獲物と戦っていた。その服はもっと強い敵と戦うために頑丈な鉄でできた鎧へと進化した。人間はもっと強い敵と戦えるようになる。

そんな道具の進化の果てに俺はいる。……そうだ。簡単なことだったんだ。

〝そうか。俺はダメだっていいんだ〟

俺のダメな部分は、俺を使う人間が補ってくれる。そして、それを受け継ぐ次の世代の道具たちがいる。

〝俺はひとつの道具として誇り高く人間に寄り添い続ければいい。それだけなんだ〟

「次の世代のバースドライバーは、しゃべれるようになるといいですね」

「うん。でも、きっとその機能はつかないと思うよ」

俺とプロトさんは笑いあった（つもり）。

そんなとき、カンドロイド・バッタ缶のバッタ君とタカ缶のタカちゃんが保管室に飛び込んできた。

「たいへんだ」

「バッタ君、タカちゃん。どうしたんだい？」

「後藤さんがたいへんなの！」

「今、一人でヤミーと戦ってる」

「変身もできないのに？　無茶だ。火野はどうしたんだ？」

「……………」

「真木博士《おとうさん》と戦ってるんだね」

「そうなの……」

真木博士《おとうさん》は、俺たち全員の生みの親だ。だから、だれにとってもその事実は重く苦しいものだった。

「いったいどうすればいいんだ」

俺は今すぐに後藤のもとに駆けつけたくて仕方がなかった。だけど、今の俺にはどうすることもできない。

「方法はある」

俺は聞き慣れた声を聞いた。俺は目を疑った。

それは、ゴリさんだった。

「ゴリさん……。生きてたんですねっ」

「いや。俺は別のゴリラ缶だ。俺たち、カンドロイドは量産型だからな」

じつに切ない……。

「だが、思いはひとつだっ」

俺たちはゴリさんの話に耳を傾ける。

ゴリさんはメンテの最中に偶然にも俺のプログラムの解析結果を知ることとなった。

今、俺の制御プログラムにはどうやらバグのような物があるらしい。そのバグが変身を阻害しているようであった。

おそらくはヤミーを生みだす際に欠陥が生じてしまったのだろう。

ゴリさんが研究者から盗み聞いた話では、そのバグをプログラム上から排除することは非常に困難だということだった。

事実、プログラムの上書きも失敗したようである。

バグは意思を持ち、力を無力化させることに全力を注ぐ。

まるで現実に生まれたヤミーのように。

「それじゃあ、やっぱり……。俺はもう二度と装着者を変身させることは無理なんでしょうか」

「そうでもない。方法はある」

——俺の中にデータ化しただれかが入り込み直接バグと対決する。

ゴリさんは、それが唯一の方法であると言った。

だが、それは危険な賭けであった。

おそらくバグは例のヤミーと同等の力を持っていると考えられた。正面からぶつかったとして勝てる奴はそんなに……。

「だったら簡単な話だ。私が行こう」

プロトさんは、まるでピクニックにでも行こう。といった気軽さでその言葉を口にした。

「でも、あまりに危険じゃないでしょうか？」

「危険は承知の上さ」

「でも、もし負けたら」

「そうだね。二度と戻ってこれないかもしれないね」

「やっぱり、やめましょう。俺のためにそんな危険を冒すなんて耐えられません」

「バカなことを言ってるんじゃねえ！」

俺は耳を疑った。あの温厚なプロトさんが怒鳴ったのだ。俺はプロトさんのそんな言葉を初めて聞いた。

「……プロトさん」

「いいか？　良く聞け。これはおまえのためにやるんじゃねえ。人間のためだ！　……それを勘違いするんじゃねえ」

そうでしたね、プロトさん。俺たちは人間のために戦う道具だ。俺はゴリさんに教えてもらった道具の本分を思いだす。

「そうでしたね。道具の本分を忘れちゃいけませんよね。ゴリさん」

「ん。なんのこと？」

うん。今のゴリさんに教えてもらったことじゃなかった。

「なんでもありませんよ、ゴリさんっ」

「そうか」

ゴリさんが笑顔で答える。

「……わかりました。よろしくお願いします。でも、いくらプロトさんでも一人じゃ」

「私はこれでもバースだよ。なんとか戦い抜いてみせるさ」

「でも、せめて。もう少し戦力があれば……」

「何、言ってやがんでい、こんちくしょう。俺たちもいるじゃねえか」

気がつくと九種類のカンドロイドたちが集まっていた。そして、その真ん中にはトラ缶のトラさんがいた。

「てやんでい、ちくしょう。水くせえこと言うんじゃねえ。俺たちはみんな真木博士《おとうさん》に作られた兄弟みたいなもんだろ。俺たちもみんないっしょに戦うぜ。なあみんな」

カンドロイドたちがそれぞれ声をあげる。

「みんな。よろしくお願いします」

すぐに準備ははじまった。

カンドロイドたちが必要な設備をセッティングする。俺の中に侵入する道具たちは、プロトさんに、選ばれたカンドロイドの精鋭九種九体。

それぞれがケーブルを俺に接続する。

「いくぞ」

プロトさんの号令でそれぞれがデータとなって俺の中に入っていく。

そして、俺の意識は遠のいていった。

俺は、ぼんやりした意識の中で戦う彼らの姿を見た。

俺の記憶をダイジェストで、しかもタイトルだけでお送りしたいと思う。
第1話「変身不能！　バースドライバーからヤミーが⁉」
第2話「仲間を救え！　決死のダイブ！」
第3話「俺の名は、プロトタイプバース」
第4話「タカちゃんの恋。女の子は強いんだぞっ」
第5話「甘い誘惑の罠！　クジャクよ、魅惑の羽を広げろ」
第6話「まさかの裏切り⁉　バッタ君、君はどっちの味方？」
第7話「恐竜二重奏！　トリケラ&プテラ、ファイナルバースト！」
第8話「だから、おまえはタコなんだよっ」
第9話「カンドロイドはつらいよ。トラさんの休日」
第10話「悪夢再び！　そして、だれもいなくなった。ウナギミステリー」
第11話「見せろ！　カンドロイド魂を！　たとえ……最後の一人になったとしても」
最終話「そして、永遠《とわ》に」
劇場版「ENDLESS BIRTH」

彼らの活躍は、１クールの放送と劇場版一本を使っても描ききれないほどの密度だった。

俺は夢の中で仲間たちの思いに感謝した。

〝ひとりじゃない。俺はひとりじゃないんだ〟

この戦いは絶対に負けられない。そう決意を固めた。


俺が目を覚ますと、プロトさんやカンドロイドたちは心配そうに見つめていた。

ゴリさんが俺の前に歩みでる。

「作戦は」

「成功したんですよね。全部、見てました」

「ええ。あなたはもう装着者を変身させることができる」

プロトさんの言葉に胸がいっぱいになる。

「……ありがとうございます」

「さあ、行くんだ。後藤君が待っている」

「はいっ」

…………。

…………。

ここで大問題が発生する。

〝いったい、どうやって後藤のもとに行ったらいいのだろう〟

だれも移動方法を考えてはいなかったのだ……。

「タカちゃん、運んで」

「え、私は無理よ。バッタ君《きみ》くらいなら持って運べるけど」

「じゃあ、タカちゃんの仲間、いっぱい呼んで運んだらいいんじゃないかな」

「でも、集めるのに時間がかかるかも」

「それでもいいから、はやく」

「わかったわ」

タカちゃんが飛んでいった。それとすれ違うように一人の男が保管庫に入ってきた。

伊達明、前の相棒だった。

続いて部屋に里中が入ってくる。

「すみません。出発前日だっていうのに」

「後藤ちゃんのピンチとあれば俺が行かないわけにはいかないでしょう」

「ありがとうございます」

「だけど、里中ちゃん。俺は手出しをするつもりはないぜ。バースドライバーを運ぶだけだ」

「そんなこと言ってないで危なくなったら助けてください」

「危なくなったらな。でも、あいつなら大丈夫だ。俺が二代目バースと認めた男なんだからよ」

〝そうなんです。伊達さん、すみません〟

俺の相棒はもう後藤なんです。だから、今の相棒を救うために力を貸してください。もちろん俺を後藤のところに運んでくれるだけでいいんです。お願いします。

伊達さんは俺に笑いかけた。

〝ありがとうございます〟

俺の気持ちは伊達さんに伝わってるはずだ。

「で、バースドライバーは壊れちまったんだよな」

「はい」

「じゃあ。プロトタイプのほうを持ってくか」

俺、直ったんです。俺を持ってって。

ちょっと、待って！

「えと、こっちがプロトタイプ？　どっちだっけ。見た目変わらないからわからないな」

「向かって右側がプロトタイプです」

「じゃあ、こっちか」

伊達さんがプロトさんに手を伸ばす。

〝伊達さん、俺を持っていってくれ!〟

そのときだった。タカちゃんが仲間を連れて部屋になだれ込む。

「うわっ。なんだこいつら」

ほかのカンドロイドたちも暴れだした。

バッタ君、ウナギさん、トラ先輩、トリケラちゃん、クジャクっち、プテラ君、タコ。

みんなが伊達さんと里中を攪乱《かくらん》する。

そんな中、ゴリさんが俺の前に現れて、持ち前の怪力で俺とプロトさんを入れ替える。

戸惑う俺にプロトさんが優しく語りかける。

「行ってきなさい。みんなの気持ちを無駄にしてはいけないよ」

「プロトさん。お願いがあります」

「なんだい?」

「いつか、俺といっしょに並んで戦ってもらえませんか?」

「いっしょに……戦うか……」

「ダメですか?」

「いいけど。困ったな。じつは私、実戦は経験したことがないんだよね。さっきのは実戦と言えば実戦なんだけど」

「お願いします」

「いいよ。そのときは、伊達さんと後藤君。私は、どっちを変身させればいい？」

「伊達さんでお願いします。後藤は俺の相棒ですから」

「わかったよ。よし、みんなもういいぞっ」

プロトさんの号令でカンドロイドはみんな缶に戻った。

「いったいなに？　カンドロイドどうしたの？」

「わかりません」

「ちょっとあとで検査したほうがいいんじゃないの？」

「そうします」

「右がプロトタイプだったな」

伊達さんは俺を手に取った。

「よし。待ってろよ、後藤ちゃん」

伊達さんは俺を持って勢いよく保管庫の外へ走りだした。

[六]

「俺はライドベンダーで行く。里中ちゃんは車で」

「わかりました」

伊達さんはライドベンダーにコインを投げ入れた。

ライドベンダーが自販機モードからバイクモードへと変形し、伊達さんが飛び乗る。

「飛ばすぜ」

そうつぶやくと伊達さんはアクセルを回し、ライドベンダーを発進させた。

伊達さんといっしょに何度も体験した出撃の風景。

そう。ついこの間までは当たり前だと思っていた。伊達さん以外の相棒なんて考えられないと思っていた。

だけど、今は違う。もう伊達さんとライドベンダーに乗っていたときのことが懐かしく思える。時間はさほどたっていないのに不思議な感覚だった。

俺はその理由を知っている。

後藤ちゃんが俺の相棒になったからだ。

相棒っていうのは、だれかに決められてなるものじゃない。互いを知り、認め、お互いの弱い部分もひっくるめて受け止められる、そう感じてはじめてなれるものだ。

真の相棒になるまでに長い時間がかかることもあれば、あっという間にわかりあい、相棒となることもある。俺と後藤ちゃんは、それくらいに濃い時間を過ごした。そう思う。

俺は相棒の安否が心配でたまらなかった。

〝無事でいてくれ〟

俺は心の中でそうつぶやいた。その心のつぶやきが届いたかどうかはわからない。だが、伊達さんはアクセルを全開に回した。

俺は、ふと伊達さんの顔を見上げる。

互いの弱さを認めあうという意味では、俺は伊達さんと本当の相棒になれていたのだろうか？

きっとなれていなかった。

俺は伊達さんにおんぶにだっこだった。でも、もうそれを悔やんだりしない。俺は伊達さんのおかげで大事なことに気づけたんだ。

伊達さんのおかげで後藤ちゃんと本当の相棒になれる、そんな風に思う。

相棒じゃなくってもいいです。今度から師匠と呼ばせてください。

「相棒……。後藤を助けてやってくれ」

伊達さん。俺のことを相棒って。

ちょっと、待って。俺のことプロトさんだと思ってるんだよな。まあ。人間からしてみたらどっちも同じか。そんなものだ。

わかりました伊達さん。後藤ちゃんの命は俺が守ります。だって、後藤ちゃんは俺の相棒なんだから。

俺は、短時間であったがプロトさんを巻いた師匠と俺を巻いた相棒がWバースとなって戦う姿を妄想した。いっしょに戦って、真木博士《おとうさん》のグリード化をなんとか止められると思った。そうしたらもう一度、真木博士《おとうさん》に整備をしてもらいたい。そして、みんなで平和を守るために戦い続けたい。

それが今の俺の夢だ。

〝だから……そのためにも伊達さん。ちゃんとけがを治して帰ってきてください〟

ヘルメット越しではあったが、伊達さんが俺に微笑んだ気がした。

気のせいのはずだ。

だけど、俺はそれを信じることにした。

必ず帰ってくるということ。そして、俺の気持ちが伝わったということ。

……伊達明という人間のすべてを。

「ついたぞ。このあたりのはずだ」

伊達さんのライドベンダーが戦闘現場である森に到着する。

あたりを見わたすが後藤ちゃんの姿は見当たらない。俺は焦りを覚える。

〝ひょっとして、もう……〟

そんなことを考えたらだめだ。俺の相棒はそんなに弱い男じゃない。そんな簡単に負けたりする奴じゃない。

そのとき、遠くからバースバスターの発射音が聞こえる。

〝後藤ちゃんだ〟

「こっちだ。行くぞ」

伊達さんは、俺を持って走りだす。

〝待っていてくれ。すぐに行くから。俺たちの戦いを伊達さんに見せてやろうぜ。この前は見せてやれなかったし。俺たちが二代目のバースだって見せつけるんだ〟

伊達さんは戦闘中の後藤ちゃんを発見する。

後藤ちゃんはボロボロだった。それは、これまでの戦闘のすさまじさを物語っていた。人間の身でありながら逃げることなく、自分の命を守りつつ敵を倒すために正面から戦う。そんな逃げない男の姿に俺は胸が熱くなった。

伊達さんがヤミーに向かってバースバスターを発射する。

「後藤ちゃん！」

「伊達さん……」

伊達さんは後藤ちゃんに駆け寄る。

「すまないな。引退した俺がでしゃばって」

「すみません。伊達さんには頼らないようにしようと思ったんですけど」

「水くさいこと言うなっての。俺とおまえの仲じゃないか」

「ありがとうございます」

「さあ。こいつを巻くんだ」

伊達さんは俺を後藤ちゃんに差しだした。

「バースドライバー。でも、これは使えないんです。変身できなくなって」

「大丈夫だ。こいつは大丈夫なやつだ」

伊達さんが俺を後藤ちゃんに手わたす。

「援護するから変身しろ」

伊達さんがバースバスターを片手にヤミーに向かって走りだす。

後藤ちゃんが受け取った俺を見つめる。そして、大きく息を吸い込んだ。

「見せてあげます。俺が仮面ライダーバースだってことを」

俺を勢いよく腰に巻き付ける。

俺の気持ちは高ぶった。こんな気持ちは初めてだった。伊達さんの腰に巻かれたときも味わったことのない快感だった。

俺と相棒の気持ちは今、ひとつになっていた。

目の前のヤミーを倒すため。そして、世界の平和を手に入れるために。

〝行こう〟

相棒は、セルメダルをポケットから取りだす。

そして、高らかと宣言する。

「変身っ」

セルメダルを入れられた俺にエネルギーが満ちあふれる。

俺の思いが。そして、俺を助けてくれた道具たちの思い。伊達さんや里中、人間たちの思いが俺の体に満ちあふれていく。

〝相棒、ダイヤルを回してくれ〟

相棒が俺のダイヤルに手を添える。

熱い手だった。相棒の燃えるような気持ちがそのまま温度となって俺の体に伝わってきた。相棒はダイヤルを回すために力をこめる。

相棒の思いが俺の体に伝わってくる。俺は、その瞬間、相棒そのものになっていた。

そして、思いが形となったプロテクターが相棒の体に装着されていく。

俺たちにたくさんの人の思いを背負って変身する。

すべての命あるものを守るために。

すべての命を祝福するために。

それがすべての命の誕生を祝福する仮面ライダー。

〝仮面ライダーバース‼〟

変身完了した相棒は一気に走りだす。

そして、セルメダルを一枚俺に投入した。

当然、俺は何を装着すべきかすぐに理解した。伊達さんが、いつか後藤ちゃんが装着者になったときのためにと使わずにとっておいた武装だ。

『カッターウィング！』

俺がそう叫ぶと、バースは一気に空へと舞い上がった。

そして、ヤミーに向かって全速力で降下する。

ふいを突かれたヤミーは、正面から俺たちの攻撃を受けてふっとんだ。

「伊達さん、下がっててください」

「いいねえ、後藤ちゃん。あとは頼んだぜ！」

「わかりました」

伊達さんが俺たちから離れる。それを目で追った瞬間にヤミーは俺たちに襲いかかる。

だが、それは予測済みだった。

相棒はヤミーの片腕を取って投げ飛ばす。相手の力を利用したきれいな投げ技だった。

相棒は倒れる敵の腕を放さない。そのまま、ヤミーの背に乗った相棒は関節技でヤミーを締め上げる。

ヤミーは堪らず体を反転させて関節技から逃げようとする。

だが、相棒は攻撃の手を休めなかった。

助走を付けてのドロップキック。

パンチ。

ジャブ。

ジャブ。

左アッパー。

右ストレート。

そのまま、体を入れ替えて、ボディブロー。

ひるんだヤミーに強烈な膝蹴りをお見舞いする。

まだだ。まだ連続攻撃は続く。

肘。

回し蹴り。

頭突き。

ハイキック。

「ずいぶん、泥臭い戦いするじゃない。好きだぜそういうの」

伊達さんが感嘆の声をあげる。そこに車で追いかけてきた里中が合流する。

「どうですか？」

「どうも何も。押しまくり」

「あれ？」

「どうしたの？　里中ちゃん」

「プロトタイプバースって、部分的に赤い色が入ってるって聞いてたんですけど」

「そうなの？」

「間違えて持ってきたみたいですね」

「まっ、いいじゃないの。変身できたんだし」

その間も相棒のラッシュは続いていた。

ヤミーはそのダメージに逃亡をくり返していたが、そのたびに空に舞い上がり、逃亡を許さなかった。

次第にヤミーの動きは鈍くなり、だれもがその姿に戦いの終わりを予感した。

「一気に決めるぞ」

〝了解〟

相棒は俺にメダルを連続投入する。

バース・デイ。それはすべての武装を装着したバースの最強形態だ。こいつで決着をつける。それが相棒の選んだ作戦だった。

俺は瞬時にすべての武装を装着させる。

バース・デイは、すさまじい威力を発揮するが、その武装までに時間がかかるところが難点であった。

だから、俺はできるだけ速くすべての装着が終わるように努めた。熱くなりすぎない。黙々と与えられた仕事をこなす。

完璧に。

それが俺たち道具の役目だった。

ヤミーが立ちあがり、俺たちに向かってきた。敵はすでに捨て身だった。

あと一歩遅かったら俺たちはヤミーの餌食となっていただろう。

だが、俺たちがバース・デイの武装を完了するほうが速かった。

「これで終わりだ」

相棒がブレストキャノンのハンドルに手を掛けて構える。

「シュート！！！！！」

『フルバースト！！！！！』

ブレストキャノンから発射された巨大なエネルギーはヤミーに向かってまっすぐに飛ん

でいった。

次の瞬間、ヤミーは紫の霧となって消えていった。それは、俺と相棒の勝利を意味した。

相棒はダイヤルを回して、変身を解いた。

空にはまぶしいくらい青空が広がっていた。

気がつくと伊達さんはすでにそこにはいなかった。里中の話では、バース・デイを装着したときに結果を見届けずに去ったという。

「せめて別れの挨拶くらいすればいいのに」

「べつにいいんだ」

里中の問いに相棒が答える。

俺も相棒と同じ気持ちだった。伊達さんとは、いつでも会える。そう信じていた。俺は相棒と同じことを考えていられることに誇らしい気持ちでいっぱいになった。

［七］

ある昼下がりのことだ。

俺と相棒は真木博士《おとうさん》の研究室にいた。

「伊達さんから手紙が届いたんですって？」

里中は入ってくるなり相棒にそう言った。

「手紙っていうか……小説？」

「小説？　伊達さんが？」

相棒は黙って分厚い手紙を里中にわたす。


いいかい？　後藤ちゃん。

「八百万の神」ってのを、知ってるか？

日本では古来、万物には神が宿ると信じられてきたんだ。

この世界のありとあらゆるものには魂が宿ってる。

木にも、草にも、そのあたりに転がる石ころにも。

もちろんおまえが腰に巻いてるベルトにも……。魂はあるんだ。

だからな、俺はベルトにも魂があると思うんだ。

そこにあるバースドライバーにも。

だから、ちょっと小説を書いてみた。ま、暇つぶしに読んでくれ。


里中は手紙から目を離す。

「ここから延々とベルトからヤミーが生まれたときのことが書かれてる」

「ああ。伊達さんが旅だつ前の？」

「そうだ」

「手術がうまくいって暇なんでしょうか？」

「うまくいったなら、それでいいんだけど。内容がひどい」

「どんな内容なんですか？」

「読めばわかる」

「めんどくさいです。教えてください」

「抗議したいことはたくさんあるけど。俺はベルトに話しかけたりしない。伊達さんは俺のことなんだと思ってるんだ」

俺はこの小説の内容がだいたい正しいことを知ってる。

実際のところ、相棒はよく俺に話しかける。この前だって、伊達さんから手紙が届いたことをうれしそうに語ってた。

ベルトのこの俺にだ。

〝ベルトが相槌を打ったり、悩みに答えてくれるとでも思っているのだろうか？〟

まったくもって……ばかばかしい話だ。

だけど、俺はそんな相棒のことを気に入っている。できるならずっといっしょに戦っていければと思う。

これからもずっと。

映司の章

【Ⅰ】

だれにでも鮮明に覚えてる記憶というものがある。
幼いときの強烈な体験ならなおさらだ。
私は、幼いころ兄と二人で命を落としかけたことがある。

タタン。タタン。タタタン。
満月が照らす見わたす限りの砂漠を私と兄は逃げていた。
タタン。タタン。タタタン。
乾いた音から私たちは全力で逃げようとしていた。
タタン。タタン。タタタン。
兄と二人で母のために薬草を採りに行く途中の出来事だった。
タタン。タタン。タタタン。
病に苦しむ母を見かねて、兄は私に禁じられた夜の外出を提案した。
タタン。タタン。タタタン。タタン。タタン。タタタン……。
いくつもの方向から、乾いた音が聞こえる。その音は部族の祭りの夜の太鼓の音にも聞こえた。私と兄はその音の真ん中にいたのだ。

今、聞いている音は、祭りの太鼓の音とは違う。私たちの命を奪い去る死神の足音だった。

何があってもその死神に魅入られるわけにはいかない。無慈悲な死神は、私たちのような幼い子供であっても容赦はしない。事務的かつ効率的にその魂を収集し向こうの世界へ連れていくだろう。

兄は死神に魅入られまいと、私の腕をつかんで走った。

足下は言うまでもなく砂である。私たち砂漠の民は砂の上を歩くのには慣れている。私はオアシスの水辺を歩くよりも砂の上を歩くほうがよほど歩きやすいとすら思っていた。砂漠を歩くには砂の目を読むことが大事だ。砂の目に逆らうことなく優しく足を下ろす。そして、良いタイミングで次の足を下ろす。それを続ければ良い。

でも、今は違った。

焦りでうまく砂の目を読むこともできない。砂に足を取られるのがもどかしい。私たちはバランスを崩しながらも転ばないように前へ前へと進んだ。

私の腕を握る兄の手に力が入る。あまりの力に腕に痛みを感じた。兄は私が痛がっていることには気がついていなかった。

さっきからのどはカラカラだった。

あと、息が苦しかった。苦しさを通り越して、肺に痛みを感じるほどだった。少しでもいいから休みたいと思った。これ以上は走れない。ひょっとしたら、立ち止まって泣き崩れてしまえば命は助かるかもしれない……。きっとそうだ。私みたいな子供だったら助けてくれるかも……。

「足を動かせ！　走るんだ」

兄が私を叱る。当然だった。今、自分たちを追っているものたちにそんな情けをかけるものはいない。子供でも女でも容赦なくその命を奪うのだ。一時でも足を止めるようなことがあれば、彼らの発射した弾丸が死神となって私たちを襲うだろう。

タタン。タタン。タタタン。

『次はだれだ？　向こう側に行きたい奴はだれだ？』

タタン。タタン。タタタン。

『向こう側の世界がどんな場所か教えてやろう』

タタン。タタン。タタタン。

『良いことをしたものは天国へ。悪いことをしたものは地獄へ。そんな風に考えているかもしれないが……。死んだらその先にあるものは……』

タタン。タタン。タタタン。

『………無だ』

タタン。タタン。タタタン。

『今、手を引いている優しい兄も。おまえが尊敬する勇敢な父親も。いつもありったけの愛を注いでくれる母親もいない。ただ何もなくなるだけだ』

タタン。タタン。タタタン。

『おまえは、無に還るだけなのだ』

タタン。タタン。タタタン。タタン。タタン。タタタン。

私は突然やってきた恐怖に泣いた。

呼吸が苦しくて声は出ない。だけど、そうでなければ砂漠中に聞こえるほどの大声で泣き喚いていたはずだ。

「泣くんじゃない。泣いてる暇があったら走るんだ」

兄は耳元で叫んだ。

身体はこわばり、呼吸が浅くなる。すると意識がぼんやりとなって、足がもつれはじめる。右足の次は……左足。左足の次は………えっと右足。右足の次は………。

足がもつれて身体が砂の上に叩きつけられる。

顔から地面に突っ込んだが、痛みは感じなかった。ただ、砂の冷たさが心地よかった。

「立て、立つんだ……」

兄は叫びながら私の身体を揺すって起こそうとする。兄の声がものすごく遠くで聞こえた。兄が揺する私の身体もまるで自分のものではないような感覚だった。

タタン。タタン。タタタン。

死神の足音が徐々に近づいてくる。

『そうか。私はおまえを連れていったらいいんだな……ではおまえを連れていくとしよう』

私は、死神がさしのべる手を取ろうとしていた。

生きていくことがこんなにつらいことならば、何もないほうがいい。「ある」からつらいなら「ない」ほうがいい。

そんなことをぼんやりと考えはじめたときだった。

「カイン！　アルフリード！」

父だった。父は大人を引き連れて私たちを助けに来たのであった。

タタン。タタン。タタタン。

父と大人たちは敵に向かって発砲する。父は私を向こう側に連れていこうとする死神を追い払おうとしていた。

タタン。タタン。タタン。

タタン。タン。タタタン。

タン。タン。タタン。

タタン。

………。

やがて、銃声は聞こえなくなった。

父と部族の大人たちは、何人かのけが人を出しながら敵を追い払うことに成功した。

私は必死に父に駆け寄ってしがみついた。

「……お父さんっ」

それ以上の言葉は出なかった。私は父の胸で泣きじゃくった。そんな私の頭を父は優しく撫でてくれた。

「怖かったな……」

父はいつも多くを語らなかった。砂漠の男はみんなそうだ。砂漠の男は言葉が不自由な物であることを知っているからだった。言葉で一生懸命に何かを伝えることよりも、自分が嘘偽りない行動をすることが、自分の思いを伝えるには一番のことだと信じていたのだ。私はそんな父ともっとしゃべりたいと思っていた。だけど、今はそのひとことで十分だった。

　私は抱きしめられながら死神の誘惑に乗ろうとした自分が恥ずかしくて仕方がなくなった。

「ごめんなさい。ごめんなさい。ごめんなさい」

私は父の胸の中で何度もその言葉をくり返した。

部族の大人に連れられて兄は父の前に出た。兄はぐっと歯を食いしばり、目を見開いていた。目は潤んでいた。安心から出た涙なのか、それとも私を危険に巻き込んでしまった後悔の涙なのか……。どちらかと言えば後者なのだろうと思った。

兄は今年で十二歳になる。あと三年すれば部族では立派な大人の男として認められる年齢だった。父は兄を厳しく育てた。それは、やがて自分のあとを継いで族長にならなければならなかったからだ。兄は、もちろんそれに必死で応えようとしていた。

だからこそ、私を危険に巻き込んだり、自分のせいで大人たちに不要なけがを負わせてしまったことが許せなかったのだと思う。

「アルフリードを危ない目に遭わせました。砂漠の男は自分より弱い者を守らなければならない。僕は族長であるあなたにそう教わりました。だけど、その教えを破ってしまいました。僕に罰を与えてください。二度とこんなことをしないように」

そう言うと腰に付けた刃の曲がった小ぶりの短刀を父にわたした。

その短刀は数年前に兄が父からもらったもので、その気になれば人も殺せるほどのものだった。砂漠の少年は持ってよしと認められればそういった短刀を腰に付ける。少年は短刀を持つことによって大人への階段を上りはじめるのだった。

「一度失敗をした人間はまた失敗をします。どうか、この失敗をくり返さないようにこれで僕に戒《いまし》めを与えてください」

兄は絞りだすような声でそう言うと目をつむった。足が震えていた。手も、そうだ。片方の手でもう片方の手を押さえつける。兄は震える身体を必死に悟られまいとしているに違いなかった。

父が兄に歩み寄る。その様子にみなが息を飲む。砂を踏みしめる音以外は何も聞こえない。私は声をあげようとしたがどうしても声を出すことができなかった。

向かいあう父と兄。

「マクタブ」……父はそうつぶやいた。〝マクタブ〟それは私たちにとって大切な言葉であった。

「……マクタブ」

兄がそう言葉をくり返すと父は短刀を兄の額に滑らせた。私は思わず目を背けてしまった。

私がゆっくり目を開けると兄の額には一筋の傷があった。

「その傷がおまえの愚かさの証だ。そして、勇気の証でもある」

父はそう言うと兄の額に流れる血を布でぬぐった。そして、その布を兄の額に巻きながら言った。

「おまえは罪を犯した。夜に外出してはいけない禁を破り薬草を採りにいった。砂漠では決められたことを守らなければいけない。部族の長であればなおさらだ。規律を破る者にだれが付いていくだろうか？　それが、ひとつ目の罪だ。もうひとつの罪は、自分より弱い者を危険な目に遭わせたことだ。族長がいちばん守らなければいけないもの。それは、命だ。それを忘れてはこの部族はこの世から消え去ってしまうだろう」

兄は涙をこらえながら黙って父の話を聞いていた。父は兄の手当てを終えると兄の正面に回り自分の両手を兄の肩に置いた。そして、腰をかがめて自分の目線を兄の目線に合わせた。

「……だが、勇敢な我が息子よ。おまえは生きることをあきらめなかった。必死で敵から逃げて、おまえとおまえの妹の命を守った。それは勇敢な戦士の証だ。私はおまえのことを誇りに思っている。良くやった。我が息子よ」

父がそう言い終わると兄は堰《せき》を切ったように声をあげて泣いた。父はそんな兄を優しく抱きしめた。

ガタガタ。ガタガタ。ギャギャギャ。ガタガタ。

二人の間の大切な時間を遮るような音が聞こえた。

ガタガタ。ガタガタ。ギャギャギャ。ガタガタ。

金属と金属がこすれあう不快な音。

ガタガタ。ガタガタ。ギャギャギャ。ガタガタ。

無尽蔵に命を奪っていく鋼鉄の死神。

ガタガタ。ガタガタ。ギャギャギャ。ガタガタ。

ギャギャギャ。ガタガタ。ギャギャギャ。


それは敵の戦車だった。

追い払われた敵は仲間を呼んでこの場所に再び舞い戻ってきたのだろう。

整備も十分に行っていないのだろう。戦車はすさまじい音をあげながら近づいてくる。

その音は、砂漠に伝わる〝邪竜アジ・ダハーカ〟の叫び声とも思えるほどであった。

次の瞬間、邪竜は火を噴いた。

鼓膜を破るような邪竜の咆吼《ほうこう》とともに、あたりの砂が舞い上がった。大人たちの叫び声が聞こえる。舞い上がった砂が晴れるとあたりに大人が数人倒れていた。

私は大人のもとに駆け寄った。揺すっても声をかけても動かなかった。

その大人は、無慈悲な死神の犠牲になったのだ。

「おまえたちは逃げろっ！」

私は父の叫びで自分の置かれている状況を理解した。邪竜は次々と咆吼をあげる。

「でも、父さんは」

「私は敵を引きつける。その隙に逃げろっ」

「でも、相手はっ」

「族長として命ずる。アルフリードを連れて逃げろ」

「僕も族長といっしょに戦います」

「おまえは戦士だ。戦士の成すべきことはなんだ？」

「弱い者を守ることです」

「それが私の成すべきことであり、おまえの成すべきことだ」

兄は私の手を強く握りしめる。

「いくぞ。アルフリード！」

私は兄に腕を引かれて走りだす。でも、少し進んだところでどうしても父の顔がみたくなった。私は兄の手を振り払って振り向いた。

「……マクタブ」

父はそう言って戦車に向かって走っていった。

私はその顚末《てんまつ》を知ることなく兄に引かれるがまま砂漠を走り、命からがら集落まで逃げ延びた。

集落に着いて、ほどなくして戦闘で生き残った大人が帰ってきた。その大人は、震える声で父の死を私たちに告げた。

私は母の胸で泣いた。だけど、兄は泣かなかった。

月明かりに照らされた兄の顔は穏やかだった。だけど、それはいつも私に見せてくれる穏やかな優しい兄の顔とは違っていた。薄暗い闇の中で燃える暗い炎。

それは死神の代理人となることを誓った悲しい戦士の顔だった。

「母さん。アルフリード。二人のことは僕が守るから心配しないで」

それから一年後。部族の大多数の大人が戦闘で死んだ。

それからさらに一年後。転々と逃げ延びる中で母が死んだ。

それからさらに一年後。私たちの部族は、私と兄を残してみなが死んでしまった。


それからさらに時は流れ。父が死んだあの日から十年の月日が流れた。

私は十九歳、兄は二十二歳となった。

私と兄は、私たちの部族と縁の深い部族が暮らす集落へと身を潜めた。その部族の人々は私たちの部族と同じように争っている二つの派閥の、どちらにも属さない中立的な立場をとっていた。私たち兄妹は身元が知れれば命を狙われかねない状況の中で息を潜めるように生活した。

その生活は慎ましいものであったが、久しぶりに味わう穏やかな生活だった。私は父や母や兄とこのような穏やかな暮らしができたらどれだけ幸せかと考えた。しかし、失ってしまったものを求めても仕方がないということはわかっていた。私は兄と二人で今のような生活をするだけでも十分だった。

そんな私とは裏腹に兄はどんどん精気を欠いていった。集落の仕事を手伝い、家に帰り眠る。たまに夕食のあと、家を出て砂漠に行くこともあった。兄は砂漠に行くと虚ろな目で月を眺めていた。私には戦士としてすべてを失ってしまった兄を元気づけることはできなかった。

ある日、私は集落の男性に見初められた。その集落では評判の若者であった。私はあまり気乗りがしなかった。この村に落ち延びて以来、魂を抜かれたようになっている兄を置いて嫁いだりできないと思ったからだ。私はこの縁談を断るつもりでいたが、それを兄に話すと満面の笑みで祝福してくれた。

「おめでとう。おまえはちゃんと幸せを手に入れるんだ」

縁談は兄の勧めもありあっという間に決まった。そして、気持ちの整理を付ける間もなく結婚式の当日はやってきた。

私は多くの人々に祝福された。自分が幸せかどうかはわからなかったが、兄が私を祝福して笑顔を見せてくれることは心からうれしかった。父が死んで以来、兄は笑顔を見せなくなってしまったのだから。

その一点だけでも私は幸せだった。

そんな結婚式の次の日、兄は私たちの集落から姿を消した。


それから六年……。

二十五歳の私は母になっていた。結婚してすぐに子供を授かった。生まれたのは元気な男の子。五歳のわんぱく盛りだった。

部族間の争いは依然として続いていたが、その中でも私はささやかな幸せを手に入れていた。夫は優しく、子供は元気だった。戦場に行く夫の帰りを祈りながら待つこと以外は初めて手に入れたこの上のない幸せであった。

私は、結婚式以来、姿を消した兄を探していた。でも、なかなかその消息はつかめなかった。

けれども、ある日、集落の若者が兄についてある噂を耳にした。

「敵対する部族の幹部が次々と暗殺されているらしい。それは我々の部族にとって喜ばしいことではあるんだが……。じつは、それについて気になることを聞いたんだ。その一連の暗殺は同一人物がやっていて……。その暗殺者《アサシン》の額にはどうやら一筋の傷があるらしい。それって君の……」

額の傷。それは、あの日、砂漠で父が兄に付けたものに違いなかった。

それは兄が暗殺者《アサシン》となって、父の復讐をしていることを意味していた。
私はなんとしてでも兄を止めなければいけない。そう思った。

【Ⅱ】


砂漠の中の小さな国。

私は、その国に属する中規模程度の部族に生まれた。

もともと大小さまざまな部族が集まって作られたこの国は、近代となっても部族同士の複雑な関係性によって成り立っている。友好的な部族もあれば、長きにわたり憎しみあい小競りあいを続けている部族もある。あるとき、国は大きく二つの勢力に分かれて国を割る内戦状態に突入した。

出自も大して変わらない同じ民族同士の戦いは、二つの派閥が別々の強国の支援を受けて激しさを増す一方であった。

私の部族は、もともとどちらの派閥にも属さなかった。近代となっても昔ながらの生活を捨てない私の部族は、両派からも一目置かれる存在だった。中でも族長であった父は両派の指導者と対話ができる唯一と言ってもいい存在であった。

私たちの部族は、勇敢な戦士の末裔《まつえい》だった。

この地域は古くから大国による侵略という憂き目にあってきた。その際は部族同士の小競りあいは一時休戦となり、多くの部族が団結し大国に挑む。そして、何度も大国を退けてきた。

私たちの部族はその際に幾多の部族に団結を呼びかけて束ねる存在であったという。砂漠では無敵の強さを誇る駱駝《らくだ》騎兵隊を率いて勇敢に戦う戦士。私たちにはそんな砂漠の英雄の血が流れていた。

父は物語で聞かされた英雄そのものだった。

剣を銃に持ち替え、駱駝を鋼鉄の機械に乗り換えた今となっても、族長である父の姿はその伝説の英雄の姿を彷彿《ほうふつ》とさせた。

厳しく優しい。部族のだれからも尊敬され、ほかの部族からも一目を置かれる。そんな存在だった。

父は、この国の行く末をいつも憂いていた。このまま、部族間の対立が続けばこの国はやがて隣国に飲み込まれてしまう。そうでなかったとしてもわずかに採れる石油の利権を巡って世界中の国がこの国を狙っている。父は自分たちの未来を勝ち取るにはこの内乱を一日も早く終わらせることが急務だと考えていた。

父は内戦を終わらせるために奔走した。長い時間にわたって代を超えて憎しみあってきた部族を和解させることはとても簡単なことではなかった。だが、父は辛抱強くそれを続けた。同じ肌の色を持つ者同士がささいな教義の違いで血を流しあうことがどれだけ愚かなことかを懸命に説き続けた。

兄は父に「なぜ、そのようなことをするのか」と聞いたことがあった。そのとき、父は兄に向かってこう答えた。

「いいか。すべては未来のためだ。私は、おまえたちがこの砂漠で安心して暮らしていくことを望んでいる。私の父と同じことをしたいだけなのだ。願わくは、おまえに子供ができたとき、私と同じ思いになってもらえたらと思っている。そして、そのまた子供も。私たちはそう思い続けてきたお父さんのお父さん、そのまたお父さんのお父さんの思いによって今ここにいるのだから」

私は本当に小さかったので父の話が良くわからなかった。兄も難しい顔をして聞いていたがきっとわかっていなかっただろう。

でも、子供ができて母となった今ではよくそれがわかる。自分の子供に平和な世界で生きて欲しいと思わない親はいない。今なら父の思いが良く理解できる。だからこそ兄が暗殺者《アサシン》として復讐を続けていることには胸が締め付けられた。

兄の気持ちがわからないわけではない。

父は相対する派閥と和解するための最終段階に来ていた。内戦の終結まであとわずかというところまできていたのだ。

そんなときに父は死んだ。

あの日、父を襲ったのがどちらの派閥に属するものだったかはいまだにわかっていない。父が死んだあと、双方が双方の仕業だと声明を出した。兄はおそらく内戦の終了を快く思わない者の仕業ではないかと推測した。私もそうではないかと思う。この世界には戦争を終わらせたいと思う者以上に戦争を続けたいと思う者がいる。そんな愚かな人間の仕業ではないかと思った。

父の死は、思わぬ事態を引き起こした。父は和平交渉すると見せかけて片方を壊滅させようとしていたという噂が流れたのだ。もちろんそんな事実はない。その噂は双方の派閥に火を付けた。かくして私たちの部族は、双方の攻撃の対象となるという事態に陥り、私と兄を残して部族の全滅という憂き目にあったのだ。

私たちの部族がこの砂漠に存在しなくなったあとは、双方は振り上げた拳を互いへと振り下ろすしかなかった。

あとは、一方が完全に死に絶えるまで闘う以外にこの内戦を終了させる方法がないように思えた。戦闘の頻度は多くなり、双方のスポンサーである大国はより多くの兵器を提供するようになった。

小さな国のもめ事は、世界の大国の思惑に巻き込まれ、どちらかが死に絶えるまで闘わなければいけないという地獄絵図の様相だった。

そんな中で、ひとつ新たな状況が生まれる。

双方の指導部の幹部が暗殺されるという出来事であった。

どれだけ多くの部下に死を命じることのできる指導者も、自分の命が狙われていると知ればひるんでしまう。どの世界でも肝の据わった指導者ばかりというわけではない。あらゆる言い訳を重ねて自分の命を守る算段をするものだ。

人間ならばだれでも死を恐れる。

あの日、砂漠で死神と契約をしようとした私のように。

『おまえは、無に還るだけなのだ』

私は今でもあのときの死神の言葉を覚えている。それから幾多の危機を乗り越えてきたけれどもあのときのような恐怖を味わうことはなかった。

そう思うと胸が痛む。

兄は私と母と部族を守って闘った。だから、あのときほどの恐怖を味わうことはなかったのだろう。必死に懸命に自分自身が生きる目的を証明し続けた。だから、病魔から母を救うことができなかったときも、部族が全滅してしまったときも、兄の絶望は計り知れないものだっただろう。想像するだけで涙が出そうになる。

責任感の強い兄のことだ。絶対に何度も死のうと考えたことだろう。

だけど、兄は死ぬことを選ばなかった。それは私がいたから。私を守ること、私が生きていることが兄にとっての最後の存在証明だったのだ。

兄は集落に落ち延びたあと〝ハシシ〟に手を出すようになった。いわゆる大麻である。

砂漠では長きにわたり煙草の延長として嗜《たしな》まれていた歴史がある。近代になってからはもちろん非合法ではあったが、どこの世界にもそれを手に入れるルートというものは存在する。

どこからか手に入れた兄は、私に隠れてそれを吸うようになっていた。もちろん私もそれを止めようとした。身体に対しての負担は言うまでもないからだ。でも、それで兄の絶望を少しでも癒やすことができればとも思った。私は兄が〝ハシシ〟を吸うことを黙認した。

でも、兄が暗殺者《アサシン》となった今になって思えば、なぜはやくそれを止めなかったのか、後悔が尽きない。

暗殺者《アサシン》という言葉は、もともと〝ハシシを食らう者〟という意味がある。

かつて砂漠を侵略する十字軍の遠征に対抗するために、集められた若者たちに〝ハシシ〟が与えられた。〝ハシシ〟を与えられた戦士たちは自分の死も恐れずに十字軍と戦った。数に勝る十字軍であったが、闇夜にまぎれてやってくる命知らずの暗殺者によって多くの指揮官が討たれ、最終的に撤退に追い込まれた。

砂漠の人間ならだれでも知っている話だ。

兄は〝ハシシ〟を吸いながらそんなかつての暗殺者《アサシン》に思いをはせていたのかもしれない。自分の身を犠牲にして戦いを終わらせる戦士。

私は兄にそんなことをして欲しくなかった。自分を傷つけながら闘うことも、むやみにだれかを傷つけることも。兄には、父がしたように話しあいによって戦争を終わらせようとして欲しかった。

兄のしていることはただの復讐のように思えた。

父を殺した戦争に対しての復讐。部族の仲間たちを殺した戦争に対しての復讐。

兄の気持ちは痛いほどわかる。私自身、父やみんなを殺した奴らが憎かった。もし、自分も男に生まれて、兄のような力があるならば、私も兄と同じような行動をしたかもしれない。

でも、やっぱりそれは違うような気がする。

そもそも部族間の争いは、復讐の連鎖によってはじまっていた。昔からずっと。憎しみをぶつけあえば、新たに犠牲者が生まれて、その犠牲者は新たな憎しみを作りだす。

その憎しみが何代も続けば取り返しの付かないほどの大きさになって、だれもその連鎖を止めることができなくなる。

きっと父はそれを知っていたのだ。

だから、だれも傷つかない方法を選ぼうとしたのだ。

そうだとしたらなんと皮肉な話だろう。父の死が新たな憎しみを作りだして、しかも、自分の息子が憎しみの連鎖の中に組み込まれてしまった。

今の兄を父が見たらなんと思うだろう。

兄を厳しく叱りつけるのだろうか？

それとも、ただ志半ばにして死んでしまった自分を責めるのだろうか？

どちらかと言えば後者な気がした。父はそんな人間だった。他人に厳しく接するときは、それ以上に自分を責める。過ちを犯した理由が自分のこれまでの行いにあると考えるのだ。それが身内であればなおさらだ。

現に兄は父が死んだせいで修羅の道に落ちているのだから。

今、私にできることはいったいなんだろう。

父の助言が欲しかった。父が生きているならどう行動するだろう。なんとしても兄を探しだして、辛抱強く説得するだろうか。

……ないものねだりをしても何もはじまらない。

父はもうこの世にいないのだから。

「マクタブ」

父の最後の言葉が頭の中をぐるぐる回る。

〝マクタブ〟

それは、砂漠で生きるものにとってとても大切な言葉だった。

どんなにつらいことがあったとしても、どんなに困難な状況に直面したとしても。私たちはそれが〝マクタブ〟であると考える。もちろん復讐をしなければならないと考えたり、戦争をするときも、それは〝マクタブ〟である。

私は砂漠に住む者以外にその意味をうまく説明することができなかった。

だって〝マクタブ〟は〝マクタブ〟なのだから。

ついこの前もこんなことがあった。

この集落を訪れている旅行者に〝マクタブ〟の意味を尋ねられたのだ。

私の集落には、今、一人の日本人が訪れている。名前は聞いていないからわからない。いつもニコニコして笑顔を振りまいている青年だった。

年は兄と同じくらいに見えた。

私が外で洗濯をしていると彼がふいに歩み寄ってきて、私に声をかけた。

「すいません。子供たちからマクタブって言葉を聞いたんだけど、その意味を教えてくれませんか？」

その青年と話をするのは初めてであった。

(彼は片言ではあったが私たちの言葉を話すことができた)

その日本人に対してあまり良い感情をいだいていなかったこともあって、私はその青年の質問を適当にあしらった。

私は日本人のことが嫌いだった。

彼らが私たちの国に来るのはとても珍しいことだった。それもそうだ。日本はとても平和な国だと聞いている。そんな平和な国にいるのに、わざわざ砂漠のしかも内戦のまっただ中にある国に来る理由がないのだ。

しかし、ごく希にそういう奇特な日本人がいる。

実際に日本人に会ったのは二度目だった。初めて会った日本人は国境なき医師団の医者だった。この男もなんだか笑いながら軽い調子でけが人と話をしていたのを覚えている。私はこの男にも嫌悪感を抱いた。

自分の国にだって、医者を必要とする人間はいるはずだ。

なぜ、自分の国が平和なのに命の危険を冒してまで他国の事情に首を突っ込むのか。それがわからない。

私には、それがただの偽善で自己満足に思えた。それは、この国の資源を狙ってやってくる大国のほうがまだましに思えるほどだった。

私たちは、私たちの事情があってこのような状況になっている。それを縁もゆかりもない国の人間がやってきたところでいったい何ができるというのだろうか？

その軽い気持ちに腹が立って仕方がなかった。

私は〝マクタブ〟の意味を尋ねてきた日本人にもできるだけ冷たい態度で接した。私は青年の目も見ないで早口で答えた。

「永遠にわからないわよ。日本人にはね」

日本人は私の言葉に目をぱちくりさせた。

「すみません。この国の言葉にまだ慣れてなくて……。もっとゆっくりしゃべってもらえませんか？」

青年は私にゆっくりとした言葉で聞き返した。

私はその言葉に軽い苛立ちを覚えた。だから、今度は子供にしゃべりかけるように、しかも私の苛立ちを伝えようと、ゆっくりはっきりとしゃべった。

「この砂漠で暮らしてない者には絶対にわからない。だから、あなたにはわからないことなの」

青年は私の言葉を理解して、神妙な顔になった。

はやくどこかに行って欲しかった。私は洗濯物に視線を移して、仕事を再開した。

「なるほど……。じゃあ、しばらくここにいようかな」

私は青年の言葉に驚いて顔を上げた。

青年は、ニッコリと微笑んでいた。

「そうすれば〝マクタブ〟の意味がわかるかもしれないよね」

わかりっこない。そう答えそうになったが、私は彼を無視することにした。

「忙しいのに仕事の邪魔をしてごめんね。どうもありがとう」

そう言うと青年は去っていった。

「勝手にすればいい。どうせわからないから」

ほどなく私は、青年がこの集落の空き屋を借りて暮らしはじめたことを知った。

青年は、内戦の様子を取材に来たジャーナリストというわけでも、もちろん戦地にやってきた医者という風でもなかった。

日中はのんびりとあたりを散歩したり、集落の簡単な仕事を手伝ったりしていた。

時には子供たちの遊び相手にもなっているようだった。

私は気楽に暮らすその日本人のことをますます嫌いになった。

ここは戦場のまっただ中だ。どだい日本人には、このような戦地で暮らすのは無理な話なのだ。

わざわざ命を粗末にすることはないのだ。死にたくなくても死んでいく者たちがたくさんいる中で、命に対しての冒瀆《ぼうとく》のように思えた。

折しも、この集落の近くで戦闘が多発するようになっていた。

青年も一度、戦闘に巻き込まれかけた。集落の女たちや子供たちについて物資を調達しに行ったときのことだ。物資を奪おうとしたゲリラ兵の襲撃を受けたのだ。

〝運良く〟だれ一人として死者は出なかったが、本当に運が良いとしか思えなかった。

私は青年がこれに懲りて日本に帰るとばかり思っていたが、彼はこの集落を離れようとしなかった。

「青年は死にたいと思っているのではないか」とすら思った。

その一件以来、微妙に距離を取っていた集落の人間もその青年を受け入れるようになった。気がつけば多くの人間が青年に対して好意的な感情を持つようになっていた。

ある者は言う。

「あいつは良い奴だよ。いつも笑ってるし。なにより欲がない。日本人は欲にまみれた人種だと思ってたけど。ああいう奴もいるんだな」

こう言う者もいた。

「あいつといっしょにいると、自然と笑えるようになる。子供たちもみんな好きみたいだ。だって、子供たちのあんな笑顔を最近見たことがなかったろう?」

一晩、青年と飲み明かした者が聞いた話によれば、彼の祖父は日本の有名な政治家であるらしい。だけど、自分はそういう政治の世界には興味を持つことなく、世界を旅していると言っていたそうだ。

それを聞いて私はますますその青年のことが嫌いになった。

権力者の子供がお金にあかせて、人の国の事情に首を突っ込む。政治の世界に興味がないというのも口だけだろう。青年は自分の国に帰って、自分が戦地で生活したことを美談のように語ることだろう。その知名度を利用して政治家にでもなるのだろう。

青年は日本で地位と名声を手に入れて、この国のことなどすぐに忘れるだろう。

そして、自分が成してきた功績や幾多の幸福な記憶とともに、やがて自分の子供や孫に囲まれて平和な場所でやすらかにその生涯を終える。

所詮、そんなものなのだ。

父や兄、私たちのように厳しい場所で暮らす人間とは根本的に違うのだ。

人間は平等にその生を全うする。

賢しげにそう言う者がいるが、そういう奴らみんな嘘つき以外のなにものでもない。

世界は不平等だ。

私は皮肉屋でも、悲観主義者でもない。だが、あの日本人を見ていると自分とあの日本人の境遇を比較して、そんなことをぐるぐると考えてしまう。

私はそんな自分が嫌になった。

すくなくともそんなことを考えてしまうことを、夫や子供には知られたくないと思った。

私は誇り高い、砂漠の英雄の娘なのだから。

言葉にしなくても夫は私の苛立ちを感じるのだろう。

そんな私を見かねて夫は私に言った。

「べつにいいじゃないか」

「でも」

「この国の内情を世界に知ってもらうことは悪いことじゃない。たとえ、それで何も変わらなかったとしてもだ」

そんなことはわかっている。

突き詰めれば私の苛立ちなど取るに足らないことなのだ。所詮はただのやつあたりみたいなものなのだ。

「うちの子とも遊んでくれるんだろう。それでいいじゃないか」

「でも、見ててイラつくの。いつもヘラヘラして。大の大人が毎日子供と遊んで……」

「仕事だってしてるんだろう？」

「仕事？　洗濯手伝ったりとか、買い物手伝ったり、お年寄りの手伝いしたり」

「ありがたいじゃないか」

「そうかもしれないけど。そんなの男の仕事じゃない」

「さすがは民族の和解を図ろうとした英雄の娘だ」

「からかわないで」

夫は笑いながら私に詫びた。

夫は私に優しかった。もちろん、子供にも。

私は夫のことを心から愛していた。

父のような厳しさと背中合わせから生まれる包容力とも、兄のような強い決意から生まれる優しさとも違う、大きな愛で私を包み込んでくれていた。

夫は砂漠の男にしては珍しいタイプの男だった。にこやかで、私がつらそうな顔をしていれば冗談を言って息を抜かせてくれた。

仲間からも信頼は厚く、族長の家の出ではなかったが、若いながらも族長の信頼を得て高い地位にあった。年老いた族長の補佐役として、多方面にわたって活躍する毎日。

もちろん戦闘があれば銃を取ることもある。

私はそんな夫を支えていきたいと心から思っていた。それは、父を失い、兄を修羅の道に陥れたこの世界に対してのささやかな反抗でもあった。

夫と息子に囲まれて暮らす。そのためには自分ができることを精一杯するつもりだった。もうあんな悲しい思いを味わいたくはなかったから。

〝マクタブ〟

私の未来は、この先なにが起こるのだろう。

それは神のみぞ知ることであった。

「どうした？」

「ごめんなさい。考え事をしてたの。なんでもない」

「そうか。ならいいんだ。……なあ。君に残念な報告がある」

夫は急に神妙な声になって言った。

私は心臓を締め付けられるような気持ちになった。夫が私たちの未来にとってあまり良くないことを言おうとしているのがわかったからだ。

「この部族が、一方の派閥につくことが正式に決定した」

「そうなの……」

ずいぶん前から、この部族の立場は微妙なものになっていた。

内戦が激化する中で中立を保とうとすることは、許されることではなくなりつつあった。どちらの派閥にもつかなければ、両派から狙われる。このままあいまいな態度を保つことは部族の存続を危うくすることを意味していた。

「自分がこの状況に置かれてみると、君のお父さんはすごい人物だったってことがわかるよ」

夫は父のことを賞賛した。

中立を保ち、対立する部族の和解に奔走する。私自身も大人になって夫を見ることでそれがどれほどたいへんで、偉大なことかがわかった。

「とても自分には真似ができない」

夫はそう言うと視線を落とした。父のような偉大な行動ができないことを恥じているようであった。

きっと夫は最後の最後まで中立を保つべきだと族長に進言したはずだ。

だが、それは受け入れられなかった。

むろん、受け入れられる可能性がなかったわけではないだろう。だが、この期において中立を保つのはある種の覚悟がいることだった。

かつて私たちの部族がそうであったように、高い理想のために部族の全員を危険にさらすことになるためだ。

夫もその可能性が頭をかすめた結果、族長の決定に従ったのだろう。私と息子、部族全員の命を守るために。

私はうつむく夫の手を取った。

「私はあなたが決めたことが正しいことだと信じています。だから、顔を上げて」

夫は私の手を強く握り返した。

そして、顔を上げて、決意をこめた声で私に言った。

「決めたからには戦うさ」

夫はそう言うと私の隣で幸せそうに眠る息子を見つめた。

「この子が大きくなるころには内戦を終わらせる。そのためだけに俺は戦う」

そうなったらどれだけ幸せなことだろう。私はそう願わずにはいられなかった。

「マクタブ」

夫は祈るようにつぶやいた。私もそれに続いた。

「マクタブ」

夫は私を力一杯抱きしめた。私は夫の胸の中でつかの間の幸福を味わった。

私はまだこの先に待っている悲劇を知るよしもなかった。

【Ⅲ】

両派の戦闘は、その激しさを増していった。

私たちの部族が中立であることをやめたことから、ほかの中立を保っていた部族もどちらかの派閥に付くことを迫られる状況が生まれた。

それはこの国の内戦がさらに泥沼に突入することを意味していた。

中立を保っていた部族は、どちらの派閥に付くか、難しい選択を迫られていた。相対する両派は、少しでも多くの部族を味方につけたいと考えていた。それは当然のことだ。それくらいに両派の戦力は拮抗《きっこう》していたのだから。

中立の部族を取り込むための争いは、私たちの部族が属する派閥が優位に立っていた。もともと中立を保つ部族同士は、交流があった。父の部族と夫の部族がかつてそうであったように。

だから、私たちの部族は中立の部族を説得し、同じ派閥に引き入れる役目を担うことになった。

夫は年老いた族長に代わり、各部族を自分たちの派閥につくように説得するために東奔西走した。かつては友好的な関係であった部族とは言え、中立を破り一方についた私たちの部族への風当たりは強かった。門前払いを受けたり、ひどい罵声を浴びたりすることは日常茶飯事だった。

それでも夫は辛抱強く説得を続けた。

自分の望まぬ道といえども一度決めた部族の方針に夫は従った。

その甲斐《かい》もあってか、中立だった部族はおおかた私たちと同じ派閥に味方すると決めようとしていた。

そんなある日のことだった。

その日は穏やかな一日だった。

私は、久しぶりに帰ってくる夫を、たくさんの夫の好物を用意して出迎えた。息子も久しぶりに会う父の姿に興奮を隠しきれないようだった。

「ただいま」

夫はいつもどおりの笑顔で帰ってきた。帰ってくるなり夫は息子に土産のおもちゃをわたした。交渉に行った先の集落で手に入れた日本製のロボットのおもちゃだった。息子はその思わぬプレゼントに飛び上がって喜んだ。私はその姿を見てとても幸せな気持ちになった。

私たち家族は、つかの間の再会を心から楽しむことにした。

三人で手をつないであたりを散歩した。

「帰ってきたんですね。おかえりなさい」

私たちは散歩の途中で例の日本人の青年に会った。

日本人の青年は、相も変わらずこの集落で生活をしていた。のんびりと、笑顔を振りまきながら。

私がそれを苦々しく思っていたのは言うまでもない。

集落の水場で自分のパンツを洗濯していた青年は、私たちを見つけてうれしそうに声をかけてきた。

「パンツを洗ってるの?」

夫はおもしろそうに青年に声をかけた。

「明日のパンツです」

「なんだい? 明日のパンツっていうのは」

「人間、ちょっとのお金と明日のパンツがあれば生きていける。昔、祖父にそう教わったんです」

「おもしろいことを言うお祖父さんだね」

「『男はいつ死ぬかわからない。パンツだけは一張羅を穿いておけ』って。だから、パンツだけはちゃんとしておきたいんです」

私がそんな様子を苦々しくみていると、息子が青年に駆け寄った。

「見てこれお父さんにもらったの！」

息子は不機嫌な私を尻目にうれしそうにもらったばかりのおもちゃを青年に見せた。息子はどうやらよくその青年に遊んでもらってるようだった。

「おっ、すごいねえ。ロボットじゃないか。強そうだね」

「悪い奴をいっぱいやっつけてくれるんだよ」

「よかったねえ」

青年は息子といっしょにうれしそうに笑った。

「いつも息子が遊んでもらってるみたいで。ありがとう。礼を言うよ」

夫が青年に握手を求める。

「いえいえ。俺が遊んでもらってるようなもんです」

そう言うと夫と青年は話し込んでしまった。夫はこの日本人と話をするのが楽しいようだった。

〝こんな奴どうでもいいのに。せっかくの親子水入らずの時間なのにっ〟

「日本はどんな国ですか？　平和ですか」

夫はふいに青年に質問を投げかける。

「平和ですよ。すくなくとも命の心配をする必要がありません」

「うらやましい。この国がそうなる日がやってくると思いますか？」

「思います。そう信じてる人が、あなたのような人がいる限り」

私は、水入らずの時間を取り戻そうと夫の腕をつかんだ。

「行きましょう」

「ああ」

夫は私にあっさり従った。少しは私と息子を放っておいたことに罪悪感を感じているのだろうか。

「それじゃあ、また」

私たちはその場を立ち去ろうとした。

そんな私たちに向かって、青年はさらに声を掛けた。

「この国も素敵な国だと思います。みんなつらいのにとっても素敵な笑顔ができる人たちばっかりです。本当に素敵なことだと思います」

私は青年の脳天気な言葉に腹が立った。

だけど、夫はそれを聞いて満足気に笑った。

「だったら、戦争が終わればもっと素敵な笑顔ができるようになるな」

私たちは家に帰ると食事をして、団欒《だんらん》を楽しんだ。

息子ははしゃぎ疲れたのかいつも眠る時間よりもはやく眠ってしまった。おかげで私は夫と二人の時間を楽しむことができた。

楽しい時間はあっという間に過ぎた。
私はそれを少し悲しくも思ったが、夫がその時間を作るために戦っていると考えれば贅《ぜい》沢《たく》は言えなかった。私はこの国の人間すべてにそんな時間が来ることを願って眠りについた。

その夜、私は悪夢を見た。

あの夜の夢だ。
兄が私の腕を引いて走る姿を私は見ていた。
もう一方を見ると私たちを襲っていた戦車の姿があった。
そして、父の姿があった。
父は私たちが逃げる方向とは逆に向かって走っていく。
敵兵や戦車は父を追う。
私はそれを見ていることしかできなかった。
やがて、父は敵の銃弾を受けてその場に倒れる。
敵に囲まれる父。
その中にいた少年兵が父の前に歩みでる。

ちょうど月に雲がかかったために、その少年兵の顔を見ることはできなかった。
だけど、その少年兵が怯《おび》えているのはよくわかった。
少年兵は大人に促《うなが》されて銃を構えた。
その銃は小刻みに震えていた。
きっと初めて人に向かって発砲しようとしているのだろう。
もちろんその発砲の結果が人の命を奪うことは理解しているだろう。
雲は完全に月を隠し、あたりを照らす光はまったくなくなった。

タンッ!

そのとき、銃声が聞こえた。
乾いた銃声があたりに響きわたる。
砂の上に人が倒れる音がした。
少年兵は、死にゆく父の顔をじっと覗き込んでいるように見えた。
やがて、父が動かなくなるまでじっと。
そのとき、雲が晴れてあたりが明るくなった。
私は少年兵の顔を見た。

その顔は、私の知っている顔だった。

そう。それは私の息子だった。

私は、叫んだ。

声が嗄《か》れるほどの大声で叫び続けた。


私は目を覚ます。

身体はじっとりと汗ばんでいた。

私は隣で眠る息子の顔を見て、夢だったことを確認して心の底から安堵した。

〝この子に銃を持たせたくない〟

私はカラカラになったのどを潤すために水差しに手を伸ばした。そのとき私は隣で寝ていたはずの夫がいないことに気がついた。朝日が昇るのにはまだ時間がある。

「どうして……」

私は急に不安に襲われる。

そんなときだった。


タァーン……。

家の外から乾いた銃声が聞こえた。

「なぁに?」

息子が目を覚ます。

私は息子にベッドの中に入っているように告げて、銃を手に取った。もちろん扱い慣れているわけではないが、砂漠の女ならだれもがひととおりの手ほどきは受けていた。

勢いよく扉を開けて、私は外へと飛びだした。

薄暗くはあったが、あたりは満月の光によってぼんやりと照らされていた。

だから、そこに一人の黒ずくめの男が立っているのがわかった。男は人の気配に反応して瞬時に私に銃口を向けた。

私も男に向かって銃を構える。

だが、男は銃を発砲することはなかった。それどころか驚いたことに銃を下ろしたのだった。

「アルフリード」

男は絞りだすような声で私の名を呼んだ。

とても懐かしい声だった。私を何度も呼び、安心を与えてくれた声。

黒い布で顔を覆っているものの、額に一筋の傷があることがはっきりとわかった。

私に銃を向けたその男は、間違いなく私の兄のカインだった。

「……兄さん。兄さんなの？　今までどこに……」

兄は何も答えなかった。

私は黙って立ち尽くす兄に向かって走りだそうとした。

だけど、私は兄の足下に横たわる奇妙な物体に気がついて足を止めた。

それはうつぶせに倒れた人間だった。

私は、目の前に広がる状況を理解しようと必死に頭を働かせた。

おそらく先ほどの銃声は、この人間に向かって銃を撃ったときのものであることは間違いがなかった。

銃を発射したのが兄であることは間違いないだろう。

理解しがたいことに、倒れた人間の着ている服には見覚えがあった。就寝前に夫が着ていたものだった。

なぜ、目の前で倒れている人間が夫の服を着ているのか不思議に思った。

だけど、私はすぐに理解した。

〝同じ服くらいどこにだってある。……それに暗いし似てる服なだけかもしれない〟

私はそのひらめきを一生懸命信じようとした。

そして、それを確認するために、一歩、また一歩と兄に向かって歩きはじめる。

なぜだか涙があふれてきた。どうして涙が出てくるのか、わからなかった。でも、兄のもとにいけばきっと慰めてくれるだろう。父と同じように私の頭を撫でてくれるだろう。

そんな気がした。

私は倒れ込んだ人間の顔がはっきりと見える場所まで歩いてきた。

「あなた……」

身体中の力が抜けた。その場に立っていられなかった。

兄は倒れ込もうとする私の身体をとっさに抱えた。

「私に触れないで！」

思うより前に私は叫んでいた。私は兄を力一杯振り払い、夫に覆いかぶさった。

「起きて。起きてよ」

どんなに名前を呼んでも、どんなに激しく揺すっても、夫が答えることはなかった。私は、すでに死んでいることがわかりながら、何度も何度も名前を呼び続けた。もちろん、そんなことをしても意味がないことはわかっているのに。

「どうして……」

私は兄に問いかける。

「どうして、こんなことを……」

何も答えずに兄はただ黙っていた。

「兄さんが人を殺していることは噂で聞いてた……。でも、なんでこの人を殺すの？

もっと殺さなきゃいけない人間はたくさんいるはずなのに。……ねえ、教えて……。教えてよ」

兄は重い口を開く。

「何を言っても言い訳になる。ただ、俺はこの国の戦争を終わらせたいと思っている。それは信じてくれ」

「そんなことどうだっていい。どうして、みんな私から大事なものを奪うの？　ねえ、どうしてよ……」

私は、もう二度と味わいたくないと思っていた絶望を再び味わうことになった。しかも、それは今まで味わったどんな深い絶望よりも、苦しく受け入れがたいものだった。

最愛の兄によって、最愛の夫を奪われたのだ。

そんな理不尽なことがこの世にあるとは思えなかった。

「……どうしてよ」

兄はゆっくりと私に背を向けた。そして、その場を立ち去ろうとした。

私は兄を追いかける気力もなかった。もちろん銃を取り、夫を殺した兄に復讐するなどという気力も。

「本当にすまない。戦争が終わったら俺にはそれ相応の報いを受けるだろう……っ　それまで待っていてくれ」

「あなたが死んだら悲しい思いをする人がたくさんいるんです。俺だって悲しいです。だから、死んだらダメです」

私は声をあげて泣いた。涙が涸《か》れるまでずっと。

青年はその間ずっと私の横にいてくれた。

【Ⅳ】


コアメダルを巡る戦いの日々からずいぶんと時間が流れた。

八百年前の封印から解放されたコアメダルは、メダルの怪人グリードを復活させるとともに、俺に〝オーズの力〟をもたらした。

あいつといっしょに戦い続けた日々。俺たちが戦っていた相手は人々の持つ欲望だった。

人間は生きる限りさまざまな欲望を胸に抱えて生きている。

グリードは、その欲望を解放して暴走させた。

俺はオーズとなって人の欲望から生まれたヤミーと戦い続けた。苦しむ人々を助けるために……。

俺はずっと自分に欲がないと思って生きていた。正確に言えば心の深い奥底に自分の欲望をしまい込んでいた。

戦いをはじめる以前、俺は世界中を旅していた。少しでも困ってる人を助けたいと思っていた。俺にそれができると思って疑わなかった。だけど、それは大きな間違いだった。

俺には本当に小さなことしかできなかった。何をするにも自分の思いを成し遂げるだけの力がなかったのだ。

その結果、俺は戦場で仲良くなった少女を助けることができずに死なせてしまった。

オーズの力を手に入れた俺はその力で多くの人を救いたいと思った。自分の命は二の次だと思った。たとえ、この身を犠牲にしてでも困っている人を助けたいと思った。

でも、それが間違いだということをたくさんの人が教えてくれた。

比奈《ひな》ちゃん。伊達さん。後藤さん。鴻上さん。里中さん。知世子《ちよこ》さん。真木博士。

……それに、アンク。

関わったたくさんの人が俺に教えてくれた。本当は何が欲しかったかっていうことを。

俺は人を助けることができる〝力〟が欲しかったということに気づいた。その力を使ってどこまでも届く自分の腕が欲しかった。

すべては、あのとき、助けられなかった少女を助けるために。

戦い終わって俺は大切なものを手に入れた。それはとても大切な仲間との絆だった。

仲間と手をつなげば、その手はどこまでも続いていく。

だから、俺はもう一度旅に出ることにした。

俺は今、鴻上ファウンデーションの研究協力員として世界のあちこちを回っている。割れてしまったアンクのメダルをもとに戻すための研究を手伝っていた。俺は、いつの日かもう一度あいつに会えるって信じてた。

俺は比較的自由に旅をすることを許されていた。

気の向くままにあちこちに行った。

時には、今、来ているような戦場にも足を運んだ。

俺は今、砂漠にいる。

この国は、ずいぶん前からずっと内戦状態にあった。長きにわたる部族の対立が大国の支援を受けて国の存続を脅かすほどになっていた。

俺は国のことはどうでもよかった。心配なのはこの国で暮らす人々だった。

いくつかの集落を回りながらたくさんの人と話をした。

みんな長い戦争に疲れていた。自分の大切な人間を失うことに、悲しみ嘆くことに、慣れてしまっているようだった。

だけど、希望がないようには思えなかった。

みんなが幸福な生活を望んでいたからだ。どんな集落にいってもわけのわからない日本人の青年が来たことに警戒された。だけど、いっしょに暮らして、いっしょに汗を流したり、遊んだりするうちに、笑顔を見ることができた。

砂漠の人々はみんな強かった。

それはもともと厳しい環境で暮らしている人々だからかもしれない。砂漠での生活は、つねに死が身近にあった。俺も何度か不用意な行動をたしなめられた。

だから、俺は少しでも自分にできることを探しながら、しばらくこの国に留まろうと思っていた。

そんな矢先に訪れた集落で出会ったのがアルフリードだった。

彼女は、今、滞在する集落に住む女性だった。息子が一人、名前はエラムと言った。彼女の夫は村でも有数の実力者で、族長の補佐を務める男だった。

俺は、一度彼女にあることを聞いた。

〝マクタブ〟という言葉についてだ。それはこの砂漠に来て良く耳にする言葉だった。

それぞれの国には、それぞれの国のメンタリティを象徴するような言葉がある。

たとえば、マイペンライ。タイの言葉だ。意味は「気楽に行こう」とか、「難しいことは考えないで行こう」とか。俺はこの言葉が大好きだ。タイの気風がにじみでている素敵な言葉だと思う。

だから、俺は〝マクタブ〟という言葉の意味が知りたかった。きっとこの国の気風がにじみでる素敵な言葉に違いないと思ったからだ。

俺は偶然出会った彼女にこの言葉の意味を聞いてみた。彼女は言った。

「この砂漠で暮らしてない者には絶対にわからない」

彼女は俺に敵意をこめてこう言った。あまり俺に対して良い印象を抱いてなかったようだ。そんなことは慣れっこだったけど、彼女の苛立った言い方にちょっと興味を持った。

だから、俺はこの集落にマクタブがどんな意味なのかわかるまで留まろうと思った。もちろん、自分でわかるようになるまではだれにも聞かないでおこうと思っていた。

しばらく暮らしていると、本当に良く耳にする。

楽しい表情で言うときもあれば、悲しみに暮れた表情で言う場合もあった。

あのときもそうだった。

銃声を聞いて駆けつけるとアルフリードはこめかみに銃を突きつけていた。

そして、あの言葉をつぶやいた。

〝マクタブ〟

俺は、全力でアルフリードのもとに走った。

そして、腕をつかみあらぬ方向に銃を発射させた。

彼女は絶望に暮れていた。俺はその理由をすぐに知った。彼女の隣には一体の死体が転がっていた。それは俺のよく知る人物だった。それは彼女の夫だった。

彼女は俺に向かって死にたいと言った。

俺は彼女になんて言っていいかわからなかった。

集落の人間から彼女の境遇について聞いたことがあった。彼女はこの国の名のある族長の娘で、彼女の父である族長が死に、この村に兄と二人で身を寄せていた。兄は彼女の結婚と同時にこの村を去った。彼女は、その兄が暗殺者《アサシン》になり、各派閥の有力者を殺しているということを風の噂で知る。彼女はひどく胸を痛めていた。

彼女の夫の死は、そんな矢先のことだった。

ただただ、彼女は死にたいと言った。

もちろん夫を亡くすことは想像をはるかに超える悲しみであると思えた。だけど、彼女の場合は少し様子が違った。

砂漠の女は、辛抱強く男の帰りを待つことができた。それは昔からの習慣であると聞いた。キャラバンを送りだすときに、必ず妻は夫の死を覚悟するのだと言う。逆説的ではあるけれど、だから、辛抱強く待つことができたんだと思う。旅に出ることが彼女たちにとって、死んでしまうことと同じ意味なのだから。

戦争状態にあるこの国に来て、夫を亡くした女性を見る機会は少なくなかった。だが、ここまで取り乱す女性を見ることはなかった。みな、毅然《きぜん》と準備していた事実を受け入れているように思えた。

きっと目の前の女性もそういう準備はしていたはずであった。この国に来て見た女性の中でもっともこの国の女性らしいと思ったから。

俺の頭にある想像が浮かんだ。

(ひょっとして、この人の夫を殺したのは、この人の実の兄なんじゃないか……)

それはあまりにもつらい想像だった。

でも、そうであれば。そうであったとしたら、彼女のこの取り乱し方も理解できる気がした。

彼女になんて声をかけたらいいか。俺はまったくわからなかった。

俺は悩みながらただ「死んだらダメだ」という言葉をくり返すしかなかった。それが彼女にとってどんなにつらいことだとしても。そんな言葉しか出てこなかった。

ふいに彼女の家から彼女の息子のエラムが出てくるのが見えた。

俺は「エラムのためにも死なないで欲しい」と言った。

彼女はその言葉に我に返ったようだった。

とりあえず、死ぬことをやめた彼女に俺はホッとした。

それと同時に、俺は自分の無力さを痛感した。俺は、あのときの、少女を救えなかったときの自分と何も変わってはいなかった。

あのときと比べれば、大切なことをたくさん知っている。あのころから成長していないわけでもない。

何かするために必要な力も持っている。強い力だ。この力に対抗できる人間は、そうはいないだろう。どんな兵器を使われようが力の勝負であればなんとかできる。そんな力だ。

だけど、悲しいことに世の中には、武力ではなんともならない困難な出来事のほうが多い。むしろ、武力で解決しようとすることがより悲しみを生みだしているような気がしてならない。

目の前で泣いている人を見ると今でも強く自分の無力さを思い知る。今、目の前で悲しんでいる人をどうすることもできない。

今は黙って泣かせることしかできない。

そんなことを考えているとエラムがゆっくりとした足取りで近づいてきた。エラムの手には、今日、父親にもらったばかりのおもちゃのロボットが大切そうに握られていた。昼間に会ったとき、エラムは俺にうれしそうに自慢していた。

「お兄ちゃん、教えて。お母さんはどうして泣いてるの？　お父さんはどうしてお外で寝てるの？」

エラムの無邪気な質問に、俺はとっさに答えることができなかった。

「どうして？」

質問を続けるエラムに対して答えを絞りだした。

「どうしてだろうね。お兄ちゃんにもわからないよ。ねえ、やって欲しいことがあるんだけどいいかな」

「何？」

「お母さんの手を握ってあげて欲しいんだ」

「うん。わかった」

エラムはそう言うと、悲嘆に暮れる母親のもとに歩いていった。

そして、母親の手を握った。

彼女は、エラムを力強く抱きしめた。

そんな姿を見て俺は決意した。

(俺は自分ができることを精一杯やるしかないんだ)

【V】

彼女の夫の葬儀はひそやかに行われた。

参列者は数えるほどであった。アルフリードにエラム。族長をはじめとした集落の首脳部。彼女の夫の年老いた父と母、その兄妹。そして、俺。

生前の彼の功績を思えば、明らかに少なすぎる。

彼の行っていたことを考えれば、彼を中心にまとまろうとしていた中立の部族の代表の人間や、この部族が属する派閥の人間が弔問に訪れてもおかしくはないはずだった。

彼らが訪れない理由。それはだれもが彼が暗殺者《アサシン》によって殺されたということを知っていたからだ。

それは明白なメッセージであった。

〝戦争に荷担し、その戦火を大きくしようとする者はだれであれ許さない〟

その暗殺者《アサシン》がアルフリードの兄であることも人々の恐怖に拍車を掛けた。その事実は、すぐに知れわたった。人々は噂した。

『暗殺者《アサシン》は鉄の意志を持っている。たとえ、それが肉親の結婚相手であったとしても容赦はしない』

この事実が彼女にとってどれほど残酷な現実であったろうか。

彼女は葬儀の中心で凜《りん》としていた。

あの夜のように泣くわけでなく、絶望に暮れるわけでもなかった。ただ、黙って黙々と葬儀の中心にいた。

参列者の彼女への態度はきわめて厳しいものだった。とくに夫の肉親は彼女に対して厳しい視線を向けて、声ひとつかけるものはいなかった。

彼女は、彼らにとって悲しみに暮れる未亡人ではなかった。優秀な息子や仲間を殺した暗殺者《アサシン》の妹。部族が全滅の憂き目に遭った際、この集落にかくまわれ、助けてもらったにもかかわらず、恩を仇《あだ》で返した男の妹だった。

彼女はそれを理解していた。理解した上でその汚名を受け止めるしかなかった。

俺は、葬儀の間、自分に何ができるのかをずっと考えていた。

たとえば、彼女の兄を見つけだして、説得して改心させることができたとする（むろん、そんなことができると思えなかったが……）。ここにいるすべての人間の前に連れだして、詫びさせる。それでここにいる者の心は晴れるのだろうか？

そんなことはない。

大切な人間を理不尽な理由で失った者は、それをずっと抱えて生きていかなければならない。失った者、奪った者どちらもその不幸を一生抱えて生きていかなければならない。

長く続く殺しあいの連鎖の果ての結果であればなおさらだ。きっと、ここで悲しむ人々を慰めるには、その原因を作ったものが死ぬしかないのだ。

これは戦場においてきわめて〝ありふれた話〟だった。

そんなのはいろんな場所でたくさん見てきた。戦場を旅するというのはそういうことだ。

俺は、いつも無力感に襲われる。

かつては、そこで何もできなくなって旅をやめるという選択しかできなかった。

でも、今は違う。

ギリギリまで考えて、俺もできるだけ苦しんで、どうやったら人々を助けることができるかを考えようとしていた。

もう、俺は目の前のことから逃げるつもりはなかった。

どうやったらこの人たちが、少しでも希望につながる明日を手に入れることができるのか。そのために最大限の行動をしたいと思っていた。

俺は、迷うといつもポケットの中の割れたコアメダルを握りしめた。

今もそうだ。二枚に割れたコアメダル。かつてあいつの意識が宿ってたメダルだ。

〝おまえはどう思う？〟

あいつならこの状況についてなんて言うだろうか？

〝人間ってのは、本当に馬鹿だな。どうにもできないと思うなら首を突っ込むな〟

きっとそう言うだろう。だから、俺はいつもこう言い返す。

〝やってみなきゃわからないだろう〟

結局、俺はいつだってノープランだった。ノープランだって言うのは言いすぎかもしれないけど。あの戦いの日々はいつだってそうだった。

俺は、目の前で起こっていることに全力で向きあうことしかできなかった。失敗することは、考えてなかった。結果を恐れずに、自分が信じる道を進み続けた。

結果は必ずあとから付いてくる。俺はあの戦いでそれを学んだんだ。


葬儀が終わった晩のことだった。

俺は、少しでも助けになれればと思いアルフリードの家にいた。当然、アルフリードは俺の訪問を拒否したが、エラムが俺を捕まえて離さなかったため、この家にいることを許された。

そんなとき、族長が数人の男たちを連れて、アルフリードの家を訪れた。

「これは集落全員の総意だ」

族長に代わり一人の男が言った。淡々と冷酷に言い放った。

「おまえは我々の部族の一員であることを証明しなければならない」

アルフリードは、黙ってそれを聞いていた。

俺は、エラムを連れて別室でその会話を聞いていた。

「おまえの兄は、我らに助けられた恩を忘れて、それを仇で返した。それは我らが同志を殺されたという事実に留まらない。おかげで我らの部族は、非常にまずい状況に置かれている」

「わかっています。私は何をしたらいいでしょうか？」

「裏切り者の首をここに」

「わかりました」

アルフリードは、落ち着いた声で答えた。おそらくは、族長たちがやってきた時点でそれを覚悟していたのだろう。彼女のことだ、きっと表情ひとつ変えることなく答えているだろう。

「ですが、私は兄の居場所を知りません。私に兄を探しだす時間をください」

「それは無理だ。我らに時間はない」

「では、いったいどうしたら」

「おまえを処刑する」

俺は自分の耳がおかしくなったのではないか思った。だけど、アルフリードはそれに声ひとつあげることはなかった。

「安心しろ。実際に処刑をするわけではない。奴に天秤《てんびん》にかけさせるのだ。自分の命とおまえの命どちらが大切かと」

「もし、兄が現れなかったら？」

「おまえは処刑される。おまえの首を差しだし、我らが属する派閥に対しての忠誠の証とする。むろん、それで相手が納得するかどうかはこちらの交渉次第ではあるのだが」

　アルフリードは押し黙った。

「不服か」

「いえ。これは、私の兄が引き起こした問題です。従います。もちろん、兄が現れたら私の手で兄を殺します。ただ……」

「ただ、なんだ？」

「私が死んだら、私の息子を、エラムをよろしくお願いします」

「それはおまえの行動次第だ。おまえが正しい行動をすれば、我らを救った英雄の息子として我らが大切に育てよう。だが、もしも、おまえが誤った行いをすれば……」

「私は砂漠の偉大な族長の娘です。エラムをよろしくお願いします」

　俺はもう黙ってはいられなかった。

「ちょっと待って！　そんなのって！」

　俺はいてもたってもいられずに、隣の部屋に飛び込んだ。

「そんなのどうかしてる！」

「よそ者は口を挟まないでもらいたい」

「冷静に考えてください。そんなのおかしいでしょう！　どうしてアルフリードさんが死ななきゃならないんですかっ！」

　そのとき、族長が、重々しい口調で、しかも威厳をもった声で言った。

「日本の方。おまえさんの言いたいことはわかる。おまえさんの国では、それでいいかもしれん。だが、ここは砂漠で、おまえさんの国ではない。おまえさんが生まれた平和な国ではないのだ。ここは今まさに戦争を行っている国なのだ」

「馬鹿にしないでください。平和であるってことはそんなに簡単なことじゃないんです。僕らの国に生きる人間だって真剣に戦って苦しんでます。みんなで幸せになって生きていきたいからです。そんな不幸なことやめましょうよ。だれも幸せになりませんよ」

「もし、それをしなければ我々の部族は滅びることになる」

　族長は、一呼吸置いてさらに続けた。

「我々が属する派閥に、暗殺者《アサシン》の首を差しださなければな。一時的とは言え、我らの部族に身を寄せた人間が、我らが属する派閥の族長をたくさん殺したのだ。今回の一件でそれが広まってしまった。それだけではない。今回の一件で、まとまりかけていた中立の勢力をまとめるという我らの仕事も御破算となってしまったのだからな。我々は身内の罪に対して責任を取らねばならない」

「責任を取らなければ、この部族が滅びると」

「そうだ。それが砂漠の掟だ」

「そんなのって」

「この女の兄は、それくらい多くの人間の憎しみを買っているのだ」

「わかっています。でも、もともとはお兄さんもお父さんの復讐のために、戦争を終わらせるために暗殺者《アサシン》になったと聞いてます。そんなことしてたら憎しみがずっと続いていくじゃありませんか」

「では、おまえさんは憎しみを断ちきるために、我らの部族が滅んでもいいと言うのか？」

「滅んでいいわけがありません」

「じゃあ！　どうすればいいと言うんだ！」

族長の隣にいた若い男が俺を怒鳴りつけた。

その男だけじゃない。族長を除くすべての男が俺をにらみ付ける。

俺は、ポケットに手を入れて、割れたコアメダルを取りだした。そして、それを強く握りしめた。

〝いいだろう？　アンク〟

そう心の中でつぶやくと俺はありったけの声を出した。

「俺が戦います。この部族を滅ぼさせたりはしません」

「何を馬鹿なことを……」

「俺は、どんな戦車にも、ロケット砲にも、負けない力を持っています。この部族は俺が守ります」

男たちは笑った。当然だがだれも俺の言葉を信じようとはしなかった。

当たり前のことだった。

きっとアンクがこの場にいたら〝馬鹿か〟と言い放つだろう。

だけど、この場にいる人間で一人だけ俺の言葉を信じた人間がいた。

「不思議ね。あなたが言うと本当のことに思えてくる。まるで、私のお父さんみたい」

アルフリードさん、だった。

「でも、あなたが戦う理由がないわ」

「理由ならあります。もう後悔したくないんです」

「後悔？」

俺は、族長たちに向き直って言った。

「もし、俺の力を信じてもらえたら、もう一度、中立の部族をまとめて戦争を終わらせるための戦いをはじめてもらえませんか？」

「そんなことできるわけがないだろう」

「俺の力を信じてもらえたらでいいんです。みなさんだって、この決定をする前は中立を保ってがんばっていたって聞いてます。だから、お願いします」

族長をはじめとした男たちは、俺の言葉に戸惑っているようだった。

自分でもずいぶんと思いきったことを言ったものだ。さすがに自分でもあきれるほどだ。

〝おい、映司。そんなこと言っていいのか？　いつだって、おまえは安請けあいしすぎる。第一、あの力を人間相手に使ったらどうなると思ってる？　そんなことしていいと思ってるのか？〟

頭の中にあいつの声が響く。

〝だれも死なない。そう戦うんだ〟

あいつは俺に笑って答えた。

〝ふっ。おまえらしいな〟

「この部族の明日を、俺に賭けてみませんか？　お願いします」

俺は深々と頭を下げた。

「いいだろう。我々がおまえの力を信じることができたら、部族の明日をおまえに託そう」

男たちは族長の決定に従った。だけど、ほとんどの人間がその力を信じていないように思えた。

「みなさん、外に出てください。これからその証拠をみなさんにお見せいたします」

族長はうなずくと男たちに指示を出して、外へと出た。

アルフリードさんが心配そうに俺に歩み寄る。

「ここまで言って冗談だった、じゃすまされないよ」

「冗談なんかじゃありませんよ。……アルフリードさん、知ってますか？」

「何を？」

俺は、唐突にアルフリードさんの手を取った。

「こうして手をつなぐんです。今は二人だけど。もっとたくさんの人と手をつなげば、その手はどこまでも届く腕になるんです」

「どこまでも届く腕？」

「みんなをひとつにしてみせます。そうすれば、きっとお兄さんにも」

「もう兄のことは……。兄は罰を受けるべきなんです」

「たとえそうだとしても、アルフリードさんは、お兄さんからは逃げられない。もし、逃げたら一生後悔することになります」

アルフリードさんは、複雑な表情でうなずいた。

その表情は困っているようにも、喜んでいるようにも、悲しんでいるようにも見えた。

「……お母さん」

エラムが心配そうに母親の顔を覗き込んでいた。

「外に行かないかい？　おもしろいものを見せてあげるよ」

「うん。行くっ」

俺が、アルフリードさんの手をエラムの手に持っていくと、アルフリードさんはエラムに微笑んで手を握った。

「行こう」

俺は、荷物を取って外へと歩きだした。

【Ⅵ】

集落を襲う敵兵は目前まで迫っていた。

確実に殲滅できるだけの兵士と兵器がゆっくりとこの集落に向かって前進していることが、偵察に出た若者によって伝えられた。

その報告によればまだ幼い少年兵もわずかに混ざっているようだった。

一見して戦力差は歴然としていた。それを見ればアルフリードを処刑してでもこの部族を守ろうとした族長の厳しい選択もうなずける。

でも、絶対にそんなことをさせちゃいけない。それが力を持つ者の最大限のつとめだと思った。

迫り来る戦闘開始の時間。

だが、集落の人間は、だれ一人として暗い顔をしているものはいなかった。部族の男たちの顔は自信に満ち、自分たちがこの国の明日を作りだせるのではないかという希望にあふれていた。

俺は部族のみんなに念を押した。

「今日戦うのは俺だけで大丈夫です。みなさんは、今日からはじまる新しい戦いに備えてください」

広場に集まったみながうなずいた。みなが俺の言葉を信じてくれていた。

あの夜。俺は部族の男たちの前で変身をして見せた。

哀れな日本車一台がスクラップになるころには、だれもが俺を信じるに足ると認めていた。族長は改めて俺の提案した約束を守ると誓ってくれた。

族長はその次の日すぐにさまざまな指示を出した。

指示を受けた族長の新たな補佐役は、この国のあらゆる部族に私信を送った。

一度は従属を誓った派閥への不服従。アルフリードの兄の愚かな行いにもっとも悲しみを募らせているのは自分たちの部族であることを併せて書き記した。

そして、長きにわたる内戦を終わらせるために、改めて戦いをはじめることを宣言した。

裏切られることとなった派閥は、激怒した。そして、自分たちを裏切った部族を殲滅することを決定した。

そうして、今日、この日の戦闘が決定したのであった。

族長は、俺の前に歩みでて言った。

「日本の方よ。私たちの戦いに遠い国からきたおまえさんを巻き込むことは本意ではない。でも、今回はお願いしたいと思う。おまえさんの力を貸してもらいたい。みなのものよ、みなからも頼むのだ。長きにわたる悲しい時代を終わらせるために」

みな、真剣な面持ちで俺に向かって、感謝の言葉と明日への夢を口にした。胸がいっぱいになった。

「おまえさんの力を借りるのは今日だけにしておく。強すぎる力を持つと人はおかしくなるものだからな。その点、おまえさんはじつにいい男だ」

「ありがとうございます」

「砂漠に生まれたとしたらいい族長になるだろうに」

俺は、族長に感謝の言葉を述べた。

「それじゃあ、行ってきます」

俺を見送る人々の輪から離れた場所に、アルフリードとエラムの姿があった。エラムの手には、父親からもらったロボット。エラムは、駆け寄るとそのロボットを俺にわたした。

「いっしょに戦いたいって」

「ありがとう。助かるよ」

俺はエラムの頭を撫でて、お礼を言った。

「帰ったらあの言葉の意味教えてくれますか?」

アルフリードに俺は言った。

「あ。ひょっとしてマクタブ？」

「そう。マクタブ。なんとなくわかるような気がしてきたんだけど」

「わかったわ。だから、無事に帰ってきて」

俺は、うなずくと集落をあとにして、砂漠へと向かった。

集落のあるオアシスからさほど離れていない場所に敵は密集していた。戦闘前の最後の準備を整えているようだった。

旧型の戦車が数台いた。旧型とはいえ、集落を殲滅するには一台あれば事足りるだろう。それに戦闘ヘリが一機と、車両が数台。敵兵も百人近くいる。それを見れば敵の本気が窺《うかが》えた。

俺は迷わず歩みを進めた。

敵兵の一人が俺に気がつく。そして、いつしか俺は囲まれていた。全員が銃口を俺に向けている。あまり良い気分がしないものであったが、グリードとの戦いの日々を思えばまだなんとかなるようにも思えた。

この前、みんなの前で変身したことを除けば、できるだけオーズに変身することは避けていた。戦闘に巻き込まれたときもそうだった。

族長が言ったとおりだ。強すぎる力は、人間をおかしくする。そんな人々をたくさん見

「俺がここに来たのはある伝言を伝えるためです」

「……アルフリードか？」

「そうです」

そう言うとカインさんは、立ちあがってその場を去ろうとした。俺はカインさんの背中に向かって言った。

「ただ。あなたに死なないで欲しいと言っていました。それをどうしても伝えたくて」

カインさんは、背中を向けたままつぶやいた。

「俺はあいつの夫を殺した。あいつのやっと手に入れた幸せを壊したんだ」

「わかってます。アルフリードさんも言ってました。あなたのことを絶対に許せないと。でも」

俺は、アルフリードさんの言葉をできるだけ正確に伝えたいと思った。

「私はきっと兄を一生許せないと思います。でも……」

アルフリードさんは、俺に絞りだすような声で言った。

「兄さんが死んだってあの人は帰ってこない。私は許すことができないけど、それでも兄のことを愛しています。それも事実なんです。エラムがものの分かる年齢になったら、どうして夫が死んだのか、ちゃんと話をするつもりです。それといっしょに、兄や私の父がどんな人間だったのか、どんな風にしてこんな悲しいことが起こったのかもちゃんと話したいと思います。そのとき、エラムがどうするかは彼にまかせたいと思います。兄のことを許せなくて、父の復讐のために兄の命を狙うようになるかもしれません。でも、そうならなかったとしたら私は少しだけ兄を許せるかもしれません」

そう言うとアルフリードはうつむいて押し黙った。しばらく黙ったのちに笑顔で言った。

「マクタブっていう言葉の意味を教えてあげる」

「お願いします」

「それはね、〝それはもう決まっていること〟だって意味なの。何があってもはじめから決まっていること。不幸なことがあっても、悲しいことがあっても、決まってることだったら仕方がないでしょ？　あなたが思ったとおりだった？」

「ええ」

「厳しい環境で生きてきた砂漠の民の知恵とでも言ったらいいのかな。必要以上に悲しまないための」

「でも、良いことだって決まってるはずですよね」

「え？」

「そうですよ。アルフリードさんとカインさんが偉大な族長のもとに生まれたことも、エラムが生まれたことも。この砂漠で起きるすべてのうれしい出来事も全部決まってるってことですよね」

「そういうことになるわね」

「だったら、戦争は終わります。それも」

「……マクタブ」

アルフリードさんが今まで見せた中で一番の笑顔でつぶやいた。

「私はエラムが兄を許せるようになる世の中を作りたい。復讐をしないで済む世の中を」

「きっとできますよ」

「もちろんよ。私は砂漠の偉大な族長の娘よ。できないはずがないじゃない」

カインさんは、黙って俺の言葉を聞いていた。

「そうか。アルフリードがそんなことを……」

「だから、罪の償いをするのをもう少し待ってもらえませんか？　エラムが大人になってちゃんと考えられるようになるまで」

「そんなことをして取り返しがつかなかったらどうするつもりだ」

「大丈夫です。エラムにも砂漠の偉大な族長の血が流れてます。もちろんあなたにも……」

カインさんは、俺の顔を見て言った。

「おまえは不思議な奴だな。わざわざこんな遠い国にきて、お節介して」

「すみません。なんていうかこれが俺の性分なんです」

「……マクタブ」

カインさんは、唐突に俺にそう言った。

「マクタブ」

カインさんは、返した俺の言葉に少しだけ微笑んだ。そして、どこかに去っていった。

その力強い歩みを見て俺にはわかった。カインさんは、別の戦い方で新しい戦いをはじめるのだと。


俺はカインさんとは別方向に向かって歩きはじめた。

「次はどこの国に行こうかな」

まだまだ日本に帰るつもりはなかった。もっとたくさんの人と手をつなぐために。どこにでも届く腕でこの世界を覆うために。俺は旅を続けようと思った。

俺は、ふいに背中に気配を感じて、振り返る。

もちろんだれもいない。

砂漠の真ん中であれば当然だ。

だけど、たしかに気配を感じたんだ。

〝仕方ない。つきあってやる。いくぞ、映司〟

俺は、砂漠を力強く明日へと踏みだした。俺が欲しい明日をこの手に入れるために……。

《完》

毛利　亘宏 | Nobuhiro　Mouri

脚本・演出家。1975 年愛知県生まれ。早稲田大学演劇研究会にて劇団「少年社中」を旗揚げ。夢溢れるファンタジー作品を得意として、商業演劇や小劇場を中心に様々なジャンルの脚本を執筆、演出する。近年では『仮面ライダーオーズ』や『特命戦隊ゴーバスターズ』などでサブライターとして脚本を担当する。

講談社キャラクター文庫 012

小説《しょうせつ》 仮面《かめん》ライダーオーズ

2012年11月30日　第1刷発行
2023年1月18日　第17刷発行

著者	毛利亘宏《もうりのぶひろ》　©Nobuhiro　Mouri
原作	石ノ森章太郎《いしのもりしょうたろう》　©2010 石森プロ・テレビ朝日・ADK・東映
発行者	鈴木章一
発行所	株式会社　講談社
	112-8001　東京都文京区音羽 2-12-21
電話	出版（03）5395-3491　販売（03）5395-3625
	業務（03）5395-3603
デザイン	有限会社　竜プロ
協力	金子博亘
本文データ制作	講談社デジタル製作
印刷	大日本印刷株式会社
製本	大日本印刷株式会社

KODANSHA

ISBN 978-4-06-314862-6 N.D.C.913 286p 15cm
定価はカバーに表示してあります。Printed in Japan